Ren Dhark

Die Legende der Nogk

Roman von
MANFRED WEINLAND

Die große SF-Saga von Kurt Brand

Sonderband

In der regulären REN DHARK-Buchreihe
sind bereits erschienen:
Band 1: Sternendschungel Galaxis
Band 2: Das Rätsel des Ringraumers
Band 3: Zielpunkt Terra
Band 4: Todeszone T-XXX
Band 5: Die Hüter des Alls
Band 6: Botschaft aus dem Gestern
Band 7: Im Zentrum der Galaxis
Band 8: Die Meister des Chaos

Sollte Ihre Bezugsquelle nicht alle
REN DHARK-Titel verfügbar haben,
können Sie fehlende Bände direkt
beim Verlag nachbestellen.

1. Auflage

Hansjoachim Bernt Verlag
Postfach 22 01 22
56544 Neuwied
Telefon: 02631-356100
Fax: 02631-356102
Internet: http://www.bernt.de

Herausgeber: Manfred Weinland
Beratung: Heinz Mohlberg
Checkmaster: Gerd Rottenecker
Cover: Olaf Schwarz
Illustration: Wolfgang Schnack

Druckvorlagenherstellung:
TYPO-Schlick GmbH, 56566 Neuwied

Druck und Bindung:
Clausen + Bosse

ISBN 3-930515-91-1

Vorwort

Der große Erfolg der REN DHARK-Buchausgabe, von der bereits acht Bände vorliegen, hat uns zu diesem Sonderband ermutigt. Das Thema stand schon früh fest: Wir wollten dem wohl beliebtesten Fremdvolk der Serie, den Nogk, mehr Entfaltungsspielraum geben, als es in der regulären Buchreihe aus konzeptionellen Gründen möglich ist. Bis es dann aber soweit war, die Romanhandlung abzustecken, bedurfte es doch einiger grundlegender Entscheidungen, denn niemandem wäre daran gelegen, die Nogk zu entmystifizieren oder Fakten zu schaffen, die sich mit der regulären Buchreihe ›beißen‹ würden. Also haben wir versucht, einen goldenen Mittelweg zu finden.

Sollte dieser Band ›ankommen‹, werden eventuell, das heißt wenn sich erfolgversprechende Themen anbieten, sicher weitere abgeschlossene Abenteuer folgen. Derzeit existiert dafür jedoch noch keine Planung.

Um die Akzeptanz solcher Sonderbände besser beurteilen zu können, würden wir uns über eine Resonanz aus den Reihen der Leser sehr freuen. Auch bezüglich der ›dreidimensionalen‹ Rißzeichnung eines Nogk-Raumers am Ende des Romanteils, mit der wir einen ebenfalls von der sonstigen Konzeption unserer Bücher abweichenden Weg beschreiten.

Zweibrücken, im Sommer 1997
Manfred Weinland

Prolog

Am 11. Februar 2052 haben Menschen der Erde zum erstenmal Kontakt mit dem raumfahrenden Volk der Nogk, 2,50 Meter großen Geschöpfen, die trotz ihrer humanoiden Grundform ein Gefühl unglaublicher Fremdheit wekken und wie eine Mischung aus Reptil und Insekt wirken.

Besonders faszinierend ist der Libellenschädel mit den riesigen schwarzen Facettenaugen, den kräftigen Beißzangen und den beiden Fühlerpaaren.

Das Leben der Nogk ist von strenger Disziplin geprägt. Obwohl ihre Nahrungsgrundlage Algen sind, würde der dauerhafte Aufenthalt in einer feuchten Umgebung sie unweigerlich umbringen. Sie können sich nur in einem Wüstenklima entfalten – aber das ist nur einer von etlichen Widersprüchen, mit denen sich die Terraner im Laufe der Zeit konfrontiert sehen. Jeder Nogk macht denselben Entwicklungszyklus durch: Er schlüpft aus einem Ei, durchläuft ein Larvenstadium, verpuppt sich und benötigt während dieser Phase – ebenso wie im späteren Dasein – die regelmäßige Zufuhr spezieller Strahlung.

Ausgewachsene Nogk legen Tiefschlafperioden ein, um ihre Kräfte zu regenerieren. Wird ihnen dieser Schlaf vorenthalten, müssen sie sterben. Im Tod zerfallen sie schon nach relativ kurzer Zeit zu braunem Staub – es sei denn, es gelingt rechtzeitig, die traditionelle Bestattungsprozedur durchzuführen und den Körper in einem sogenannten *Totenkegel* zu konservieren.

Untereinander verständigt sich dieses Volk durch eine Art ›Bildtelepathie‹. Mit anderen Spezies erfolgt die Kommunikation über eigens entwickelte Geräte, die in der Lage sind, Gedankenimpulse verständlich zu machen.

Die erste Begegnung mit den Nogk mündet für die menschlichen Siedler auf dem Planeten Hope beinahe in einer Katastrophe.

Erst als die Mißverständnisse ausgeräumt sind, wird klar, warum die Nogk ein solches Interesse am Doppelsonnensystem Col haben: Auf einem der dortigen Planeten ist eines ihrer Raumschiffe abgestürzt – mit dem Herrscher der Nogk und unersetzlichen Daten an Bord.

Wie sich herausstellt, sind der Regent und der überwiegende Teil der Besatzung bei der Havarie des Schiffes umgekommen. Unter den Überlebenden befindet sich ein Nogk namens Charaua, und dieser Charaua trägt schließlich maßgeblich zur friedlichen Verständigung zwischen Nogk und Terranern bei. Er ersucht die Menschen um ihre Unterstützung bei der Sicherstellung der in eine Sonde ausgelagerten Daten.

Ren Dhark, der für die Kolonisten von Hope zu einer Leitfigur geworden ist und das Vermächtnis der Mysterious verwahrt, willigt ein.

Es gelingt, die Daten zu bergen. Sie betreffen die kosmischen Koordinaten eines Sternensystems, das offenbar ideale Voraussetzungen bietet, um den Nogk zur neuen Heimat zu werden, denn deren bisherige Sonne Charr entartet unaufhaltsam zur Nova.

Charr ist jedoch nicht die Urheimat der Nogk. Das Wissen, woher sie wirklich einmal kamen, wo ihre wahren Wurzeln liegen, scheint im Dunkel der Zeiten verloren gegangen zu sein...

Ein Defekt des Time-Sprungtriebwerks hat die FO-1, einen geheimen Experimental- und Forschungsraumer der Erde, ins ehemalige Hoheitsgebiet der Nogk verschlagen. Der Kommandant Frederik Huxley, ein erfahrener Raumfahrer, erlebt mit seiner Crew die Entartung Charrs mit und trägt entscheidend zur rechtzeitigen Evakuierung der Planetenbewohner bei. Zum Dank wird Commander Huxley als erster Vertreter einer artfremden Spezies zum Ehrenmitglied des nogkschen *Rats* ernannt – und von dieser Stunde an sieht er sich als Vermittler zwischen zwei Welten, Denkweisen und Lebensarten, wie sie unterschiedlicher nicht sein könnten. Er begleitet das Volk der Nogk, das seine Ursprünge vergessen hat, auch auf seinem Umzug ins Tantal-System.

Dort hoffen die Nogk die Ruhe zu finden, um eine neue Blütezeit ihres Volkes einzuläuten. Alle drei Welten des Systems, so verschiedenartig sie auch sind, werden in dieses Zukunftskonzept eingebunden.

Doch dann ereignet sich etwas, was nicht dazu beiträgt, eine Brücke in die Zukunft zu bauen, sondern einen Bogen in die Vergangenheit schlägt.

In die tiefsten und finstersten Anfänge der nogkschen Geschichte...

1.

So kurz nach Sonnenaufgang wirkte der Himmel über Nogk II, der neuen Zentralwelt der Nogk, beinahe gläsern in seiner Starrheit. Die endlose Wüste schien sich darin zu spiegeln.

Dieser Eindruck würde bald verschwinden, wie Commander Frederik Huxley wußte. In spätestens einer Stunde würde die Atmosphäre zu flimmern beginnen wie über einer irdischen Wüste. Und hinter den Schleiern aus kochender Luft würde das Schauspiel, das sich tagtäglich auf der Oberfläche dieser uralten Welt darbot, noch irrealer wirken als ohnehin schon...

Überall war Maschinenlärm, angefangen vom tiefen Brummen schwerbeladener Lastenschweber bis hin zum Fauchen der Werkzeuge, mit denen die Elemente der Ringstadt zugeschnitten und eingepaßt wurden.

Manchmal grollte auch ferner Donner, wenn gerade ein Schiff von dem hinter dem Horizont gelegenen, noch provisorischen Raumhafens abhob. Dort stand die FO-1, das von den Nogk aufgerüstete pfeilschlanke Forschungsschiff der Terraner.

»Die ersten Quartiere und öffentlichen Einrichtungen können in Kürze ihrer Bestimmung übergeben werden...«

Natürlich war es nicht Charauas wahre Stimme, die aus dem eigroßen Gedankentransformer vor der Brust des Nogk erklang – obwohl Charaua, Ratsmitglied wie Huxley, durchaus ein Organ zur Lautbildung besaß.

Doch die Töne, die sich in Extremsituationen daraus lösen konnten, verursachten einem Menschen tiefe Abscheu – umgekehrt mochte es sich anders verhalten, oder intervenierte Charaua nur aus purer Höflichkeit nicht gegen das Angloter seines hageren Begleiters?

Die Technologie, auf der das Übersetzungsgerät der Nogk beruhte, benötigte nicht das gesprochene Wort, sondern begnügte sich mit den Gedankenimpulsen eines Gehirns.

»Ich bin beeindruckt vom Tempo, mit dem die Arbeiten voranschreiten«, sagte Huxley, der sich noch immer nicht ganz sicher war, in welchem Umfang der Transformer einen Nogk über die Überlegungen eines Menschen in Kenntnis setzte. Obwohl er keine unlauteren Absichten verfolgte, wäre es ihm manchmal wohler gewesen, das Gerät hätte nur seine *Sprache* übersetzt.

»Ich bin nicht sicher, ob wir Menschen diese unglaubliche Disziplin und Zielstrebigkeit aufbringen würden, um aus dem Nichts heraus einen solchen Neuanfang zu schaffen.« Vom langen Weltraumaufenthalt war Huxleys Gesichtshaut rötlich ledern geworden, so daß er fast wie ein Indianer aussah. Den eisgrauen Augen, deren Blick über die Baustelle schweifte, entging kaum ein Detail.

»Die Pläne dafür sind über lange Zeit gereift«, erwiderte der Nogk mit der strichförmigen Narbe auf der linken Gesichtshälfte. Wenn Charaua offiziell unterwegs war, trug er eine blaue Uniform mit vielfältigen dekorativen Elementen. Ob sich auch *Orden* darunter befanden, hatte Huxley nie gefragt, aber er hielt es für wahrscheinlich.

Blau war auch die Kleidung, die der Nogk heute angelegt hatte. Aber es schien sich eher um eine Art Freizeitkluft zu handeln. Sie fiel locker um die Gestalt des Extraterrestriers und unterstrich die geschmeidige Eleganz, die in diesem Körper steckte. »Außerdem«, fuhr Charaua fort und machte ein besonderes Zeichen mit der Hand, »bewältigt dein Volk gerade eine Anstrengung, die durchaus vergleichbar ist.«

Huxley schwieg eine Weile. Dann nickte er nachdenklich, und sein Blick verriet, daß er sich für ein paar Sekunden in Gedanken nicht hier auf dem zweiten Planeten der Sonne Tantal aufgehalten hatte, sondern viele tausend Lichtjahre entfernt auf dem dritten Planeten der Sonne Sol.

Charaua hatte recht: Auch auf Terra wurde eine Art Neuanfang praktiziert, aber immerhin aufbauend auf den Trümmern, welche die Invasoren aus dem All, die mörderischen Giants, hinterlassen hatten. Und es war immerhin noch dieselbe Erde, auf der vor Jahrmillionen die ersten Wirbeltiere aus dem Ur-Ozean gekrochen waren, um sich das Land und die Lüfte zu erobern. Später, sehr viel später, hatte der Mensch die Leiter der Evolution erklommen und war mit seinen Schiffen sogar in den vermeintlich leeren Raum zwischen den Planeten und fernen Sonnen vorgestoßen.

Sonnen.

Sol... Charr... Tantal...

Sol war ein ganz gewöhnlicher Stern mit einem G2-Spektrum, während es sich bei Charr vor der Entartung um einen Roten Riesen der Spektralklasse K2 gehandelt hatte. *Ähnlich Arkturus*, dachte Huxley. Und Tantal... Nun, die blaugrüne Sonne Tantal wirkte schon allein deshalb ungewöhnlich, weil sie der *einzige* Stern in einem Radius von knapp hundert Lichtjahren im Halo der Milchstraße war – auf der Andromeda abgewandten Seite der Galaxis. Während der zweite Umläufer, eine Wüstenwelt, für die Nogk ideale Aufenthaltsbedingungen bot, sollte auf dem sonnenfernsten dritten Planeten die Versorgungskammer von Charauas Volk entstehen. Dort würden auf der jupitergroßen, feuchtheißen Sumpfwelt, deren Schwerkraft nur etwa das anderthalbfache der irdischen betrug, in Kürze die ersten Algenfelder abgeerntet werden können. Nogk III beherbergte auch sonst ein ungeheures Potential an Flora und Fauna, das noch kaum erforscht war. Etwaige Gefahren fürchtete dennoch niemand. Eine einheimische Intelligenz gab es nicht.

Zum Glück, dachte Huxley, *denn dann wäre es schwierig geworden.*

Die Nogk hätten in ihrer prekären Lage vermutlich nicht auf ihren ›Entdeckeranspruch‹ verzichtet. Vielleicht wären sie mit dem ›Störfaktor Ureinwohner‹ ebenso konsequent, unnachgiebig und grausam umgegangen wie menschliche Entdecker früherer Jahrhunderte...

Huxley war froh, dieses *Was-wäre-gewesen-wenn* nie ernsthaft durchdenken zu müssen.

Unter der sonnendurchgluteten Oberfläche von Nogk I, dem sonnennächsten Planeten, wurden gewaltige Kavernen ausgeschachtet, in denen in naher Zukunft Flottenbasen und riesige Werfthangars entstehen sollten.

Wie Charaua es schon angedeutet hatte: Das künftige Bild des Tantal-Systems war bis ins kleinste durchgeplant worden. Nichts wurde dem Zufall überlassen, um eine Heimat von Dauer zu erschaffen.

Huxley und Charaua standen oben auf der höchsten Stufe der Ringstadt, die bei ihrer Vollendung auf den Namen Morgara getauft werden sollte, was soviel bedeutete wie *Kaltes Blut*.

›Kaltes Blut!‹

Mit diesem Gedankenschrei seien die Nogk in manche Schlacht gezogen, hatte Charaua Huxley erst vor kurzem anvertraut.

»Schlachten?« hatte Huxley erwidert. »Ihr nennt euch Krieger. Ihr benehmt euch wie Krieger. Und eure Flotte müßte jeden Gegner das Fürchten lehren! Aber ihr habt nie einen Gegner *erwähnt*. Wie lange liegen eure letzten Schlachten zurück – und gegen wen wurden sie geführt?«

Darauf war der Nogk, der von vielen als aussichtsreicher Kandidat für den Posten des neuen Regenten gehandelt wurde, nicht eingegangen.

Das Gerät vor seiner Brust hatte geschwiegen, selbst als der Terraner seine übliche Zurückhaltung aufgegeben hatte.

Huxley wertete dies nicht eben als Beweis gegenseitigen Respekts und Vertrauens. Dennoch fühlte er sich keinem anderen Nogk auch nur ähnlich verbunden wie Charaua.

Die Masse der Nogk blieb anonym. Manchmal erinnerte ihn deren Gesellschaft an einen straff durchorganisierten Ameisenstaat. Hier wie dort gab es aus menschlicher Sicht Erschreckendes und Faszinierendes. Geheimnisse, die man nur langfristig und durch Beharrlichkeit lüften konnte...

Das Mantagor von morgen nahm mehr und mehr Kontur an.

Die Größe der Ringstadt würde sich nicht mehr ändern. Sie hatte einen Durchmesser von exakt 5024 Metern – Huxley hatte sie von seinem Ersten Offizier Lee Prewitt, seinem Stellvertreter auf der FO-1, fernvermessen lassen. Die Höhe dieses an terranische Amphitheater erinnernden Bauwerks betrug, ebenso exakt, 2159 Meter. Die inneren Ringverläufe waren voneinander wie die Stufen einer solchen Arena für Gladiatorenkämpfe abgesetzt. Die tiefste Ebene lag nahe dem Zentrum der Stadt und umgab eine über spezielle Spiegelfelder zu jeder Tageszeit von der Sonne schattenlos beschienene Fläche, auf der sich Nogk zwangfrei treffen und in brütender Hitze entspannen konnten.

So jedenfalls hatte Huxley eine durchaus dürftige Erklärung Charauas interpretiert. Der Terraner hielt es nach seinen bisherigen Erfahrungen aber für wahrscheinlich, daß sich hinter diesen Plätzen, die in jeder Stadt in identischer Weise existierten, eine noch wesentlich tiefergehende Philosophie und Absicht verbarg.

Die Höhe der einzelnen Stufen lag bei knapp zweihundert Metern, und jedes der abgesetzten Elemente war noch einmal in mehrere Stockwerke unterteilt. Das Baumaterial wurde aus dem Wüstensand gewonnen und in einem traditionellen Verfahren zu einem hochwertigen Kunstprodukt aufbereitet, das farblich und von seiner Glätte her an Glas erinnerte, aber einmal in Form gebracht und gehärtet fast unzerstörbar wurde. Des Nachts ging von der Grundsubstanz der Städte ein grünlich phosphoreszierendes Leuchten aus – genug Helligkeit, um es in den Außenstraßen, den Korridoren und Räumen auch ohne Einsatz zusätzlicher Lichtquellen nie wirklich finster werden zu lassen.

Nogk II besaß, wie auch die anderen Systemplaneten, keine Trabanten, die nach Einbruch der Dunkelheit am Himmel leuchteten. Nur Sterne und künstliche Satelliten funkelten dort.

Die fernen Sterne...

Huxley fror plötzlich trotz der jetzt schon spürbaren

Hitze, denn er dachte daran, *wie* fern seine 55köpfige Crew und er der Erde und allen Außenposten eigentlich waren. Dies hier war eine Region fast auf der entgegengesetzten Seite des Spiralarms, in dem die irdische Sonne und ihre Planeten beheimatet waren. Von Terra bis zum Zentrum der Milchstraße waren es rund 30 000 Lichtjahre. Bis *hierher* betrug die lineare Strecke beinahe das doppelte!

»Charaua...«, setzte er mit belegter Stimme an.

In diesem Augenblick schien das Treiben auf der Baustelle, schien alles Leben rund um Huxley einen Takt in seiner Existenz auszusetzen – oder zu überspringen.

Unwirklich asynchron setzte das Geschehen wieder ein.

Aus Charauas Transformer quoll sekundenlang nur absurdes Gelalle.

Dann – ein blecherner Schrei.

Charauas Hände krallten sich um das Geländer der Brüstung, von der aus man bis zum Grund der Stadt und aus ihr heraus in die endlose Wüste schauen konnte.

Der Nogk taumelte.

Zwei Etagen tiefer verunglückte im selben Moment eine ganze Gruppe von Arbeitern, auf die ein außer Kontrolle geratenes Bauteil herabstürzte!

Huxley war vor Entsetzen wie gelähmt, unfähig, auch nur einen Schritt zu tun. Und Charaua... sank neben ihm konvulsivisch zuckend auf die Knie.

»Charaua – was ist? Was geht hier vor...?«

Huxleys Stimme kippte. Aus der Öffnung zwischen den insektenartigen Beißwerkzeugen schrillten jene Laute, die für den Terraner wie über eine Schiefertafel kratzende Kreide klangen. In einem Reflex hielt er sich beide Ohren zu.

Doch dann schämte er sich ob dieses kindischen Verhaltens und aktivierte sein Armbandvipho. Das winzige Bild, das sich auf dem Display erhellte, beachtete er gar nicht, sondern keuchte nur: »Prewitt! Hier ist das Chaos ausgebrochen! Nennen Sie mir den Grund... oder besser: *Stellen Sie ihn ab!*«

Er mußte den Lautsprecher ans Ohr pressen, um die Antwort seines Stellvertreters an Bord zu verstehen.

»Tut mir leid, Commander, ich *höre*, was bei Ihnen los ist, aber hier... ist alles ruhig!«

»Was ist mit den Schiffen, die in Ihrer Nähe parken?«

»Alles ruhig, wie ich gerade...«

Huxley ließ ihn nicht ausreden. »Ein Boot! Schicken Sie *alle* verfügbaren Boote und alarmieren sie den nogkschen Rat! Ich fürchte, der weiß noch gar nicht, was hier vor sich geht. Niemand scheint mehr in der Lage zu sein, auch nur einen Notspruch abzusetzen...!«

»Verstanden. Ich habe Ihre Position. Wir treffen in ein paar Minuten ein!«

Huxley senkte den Arm. Neben ihm richtete sich Charaua aus eigener Kraft wieder auf. Überall erhoben sich Nogk, die gerade noch wie durch ein seismisches Beben desorientiert über den Boden gekrochen waren.

Huxley trat neben Charaua und packte ihn links und rechts der Schulter. »Was *war* das, Charaua? Um Gottes willen, warum hast du mir nicht geantwortet, als ich –?«

»Weil ich es nicht konnte!« drang es scharf aus der Hülse des Transformers. »Ich weiß nicht, was es war – aber es war schrecklich. Wie eine Geburtswehe...«

»Eine Wehe?« Huxley schüttelte selbst wie benommen den Kopf. »Ich dachte, ihr schlüpft aus Eiern. Ich dachte...«

»Wir nennen es *Wehe*. Oder *Schock*. Es hat nichts mit den Begleitschmerzen zu tun, unter denen eure Frauen leiden müssen. Das, wovon ich rede, sind die Qualen des Neugeborenen, das seiner schützenden und behütenden Eihülle beraubt wird... Chanda, ein Meeg, hat es mir einmal erklärt...«

Huxley war kaum noch an diesen Ausführungen Charauas interessiert. Unter ihnen brannte es lichterloh, und ätzende Dämpfe stiegen zu ihnen empor. Dort, wo das Bauteil samt dem von einem Nogk gesteuerten Schwebekran aufgeschlagen war, sah es aus wie nach einem Bombenangriff. Nicht nur Trümmer, auch Leichenteile lagen überall verstreut!

Charaua erzitterte noch einmal neben Huxley, aber es war nicht mit den Krämpfen zu vergleichen, die ihn noch vor Sekunden geschüttelt hatten.

»Hast du gar nichts von dem gemerkt, was uns heimgesucht hat?« fragte er den Menschen neben sich.

Huxley verneinte.

»Kannst du sicher sagen, ob das Unglück vor oder nach der allgemeinen Konfusion geschah?« fragte Charaua weiter. »Ich... bin mir nicht mehr schlüssig. Wenn es unmittelbar davor...«

»Nein«, unterbrach ihn Huxley. »Es war später. Es war eine *Folge* der Anfälle von Verwirrtheit.«

Er schwieg, denn er ahnte, worauf Charaua hinausgewollt hatte. Vermutlich empfanden die telepathisch begabten Nogk den aus unmittelbarer Distanz erlebten Tod eines Artgenossen ähnlich drastisch wie das, was Charaua kurz vorher als *Wehe* beschrieben hatte. Und wenn gleich eine ganze Gruppe Nogk ihr Leben ließ, mußte deren Todesqual wie ein Keulenhieb wirken...

Dennoch war Huxley überzeugt, daß die Ereignisse in der von ihm beschworenen Chronologie abgelaufen waren. *Zuerst* die Konfusion, dann der Absturz.

Folglich mußte es eine andere Erklärung geben.

Aus der Ferne näherten sich Fahrzeuge mit Sirenengeheul. Schon allein daran war zu erkennen, daß es sich um die von Prewitt angeführten Rettungseinheiten handelte. Nogk reagierten anders.

Aber sie reagierten. Endlich. Aus dem Himmel fiel ein Schatten über die gesamte Stadt, als sich eines der furchterregenden Großkampfschiffe so schnell wie möglich, aber auch so behutsam wie nötig näherte. Geräuschvoll wurden höhere Atmosphäreschichten verdrängt. Dann verlangsamte der eiförmige Raumer abrupt und schleuste ebenfalls Beiboote aus, die der Stadt entgegenstrebten.

Die häufige Verwendung der Eiform schien im Gegensatz zur Geometrie der Städte – die offenbar allein deswegen die Form von hohen Ringen erhalten hatten, damit der Flugsand keinen Angriffspunkt erhielt –, nicht nur praktische Gründe zu haben.

Nogk entschlüpften dem Ei.

Für diese Wesen mußte es der Inbegriff von Vitalität und Schöpfungskraft sein...

»Der Rat hat Kenntnis von dem Unglück erhalten«, bestätigte Charaua indirekt, daß er eine für Huxley unhörbare Nachricht empfangen hatte.

»Von dir?« fragte der Terraner, der, was die Reichweite der telepathischen Verständigung der Nogk untereinander anging, nur über ungenaue Schätzungen verfügte.

»Nein. Von deinem Schiff. – Wenn du mich jetzt entschuldigen würdest. Ich möchte bei den Bergungsarbeiten helfen und den Überlebenden Trost spenden...«

»Meine Leute werden deine Leute unterstützen, so gut es geht.«

»Das ist nicht mehr nötig – danke«, lehnte Charaua freundlich, aber bestimmt ab. Es klang, als fürchtete er eine allzu intime Einmischung in Belange, die seiner Meinung nach nur sein Volk angingen.

Huxley entschied sich dafür, den Wunsch des Nogk zu respektieren.

»Ich wollte nicht aufdringlich wirken...« Er nickte Charaua zum Abschied zu und besprach sich mit Prewitt via Funk über die veränderte Situation.

Kurz darauf drehten die tropfenförmigen Beiboote der FO-1 ab, bis auf ein einziges, das nahe bei Huxley auf der höchsten Ebene der Ringstadt landete.

Der hagere, grauhaarige Mann warf einen letzten Blick über die Brüstung in die Tiefe, wo mehrere nogksche Raumfahrzeuge dabei waren, das abgestürzte Bausegment mittels koordiniertem Antigraveinsatz zu bergen.

Darüber hinaus näherte sich aus einem anderen Sektor der Stadt ein auffälliges, vollverkapseltes Fahrzeug, dessen Hülle das goldene Emblem der Meegs, der *Bewahrer des Lebens* trug.

Sie werden ihrem Namen kaum gerecht werden können, dachte Huxley bekümmert. *Alles, was ihnen bleibt, ist, sich um die Toten zu kümmern...*

Der Begriff ›Meeg‹ war weitgefaßt in der nogkschen Kultur. Er umfaßte nicht nur Ärzte, sondern auch Wissenschaftler. Besonderes Gewicht kam den Meegs auch bei der Aufzucht neuer Generationen zu, und Huxley war nach seinen bisherigen Beobachtungen geneigt, ihnen auch den Status von Philosophen und Weisen zuzugestehen.

Als er ungewohnt hölzern in die offene Schleuse des FO-Beiboots kletterte, war er immer noch wie betäubt von dem grauenhaften Unfall, dessen Zeuge er rein zufällig geworden war.

Unmittelbar hinter ihm schloß sich das Schott wieder, und als Huxley wenig später die Steuerkanzel betrat, hatte Prewitt bereits Kurs auf das Mutterschiff genommen.

2.

»Tantal – was die Leuchtkraft angeht, durchaus vergleichbar mit Altair im Sternbild des Schwanen – zeigt keinerlei abnorme Aktivität, Sir«, versicherte der Bordastronom der FO-1, Allister Bannard, auf eine Anfrage von Huxley, der immer noch auf der Suche nach Erklärungen für den zeitweiligen Blackout der Nogk war. Durch ihre Strahlungssensibilität und -abhängigkeit war es naheliegend, zunächst alle natürlichen Radioquellen abzuklopfen. »Mein Team und ich stehen in permanentem Kontakt mit einer Viererstaffel von Sonden«, fuhr Bannard fort, hinter dessen Kopf ein Ausschnitt des Bordobservatoriums zu sehen war, »die in einen fixen Orbit um das Systemgestirn gebracht wurde. Die Daten dieser Sonden sind über jeden Zweifel erhaben...«

Huxley nickte unzufrieden.

»Danke«, sagte er. Nachdem er darum gebeten hatte, weiterhin die Augen aufzuhalten und beim geringsten Anzeichen einer Unregelmäßigkeit Bericht zu erstatten, unterbrach er die Verbindung zur Astro-Kuppel. In der selben Sekunde meldete sich Chief Erkinsson aus dem Maschinenraum.

»Ich habe eine Beschwerde vorzubringen«, sagte der Triebwerksexperte.

»Eine Beschwerde?« Huxley hob die Brauen.

»Ja, denn ich will verdammt sein, wenn ich zulasse, daß man schon wieder anfängt, an den Aggregaten rumzufummeln!« Er trat ein wenig zur Seite, so daß sein stämmiger Körper das, was sich im Hintergrund abspielte, nicht länger verdeckte.

Huxley sah zwischen Erkinssons Leuten eine Handvoll uniform gelbgekleideter Nogk gestikulieren. Gelb war die Standesfarbe der Meegs, aber der Ausrüstung nach zu schließen, die sie bei sich trugen, handelte es sich unzweifelhaft um Techniker...

Huxley fand seine Ansicht bestätigt, daß er vielleicht noch Jahre brauchen würde, um die innere Hierarchie der Nogk auch nur ansatzweise zu durchschauen – er hoffte beinahe, daß es den Hybridwesen aus Reptil und Insekt umgekehrt mit dem Gesellschaftsgefüge der Menschen nicht besser erging.

Aber das war nur eine kurzer Anflug von Zynismus, den er rasch wieder verdrängte. Im Grunde hegte er enorme Sympathie für die Nogk, vielleicht weil sie für ihn der Inbegriff von Abenteuer und Geheimnis waren.

Nicht zuletzt der Rätsel wegen, die in den unerforschten Tiefen des Alls warteten, hatte er das Kommando über die FO-1 angetreten. Daß dieses Schiff ›ganz nebenbei‹ auch den Ursachen der gefährlichen sporadischen Schwankungen des galaktischen Magnetfeldes hatte auf den Grund gehen sollen, daran erinnerte sich Huxley nur noch manchmal, und dann mit einem kaum zu beschreibenden Unbehagen.

Das Problem der bis in den Hyperraum hineinreichenden Strahlenstürme hatte sich jedoch nicht erledigt, nur weil die FO-1 ihre diesbezüglichen Untersuchungen eingestellt und anderen überlassen hatte. Auch die Nogk waren sich dieser Bedrohung, die für alles Leben in der Milchstraße galt, bewußt.

Hatten sie eventuell deshalb ihre neue Heimat in den vermeintlich sicheren Halo verlegt? Glaubten sie, hier – wenn überhaupt – nur schwach von den Auswirkungen dieser Magnetfeldmutationen gestreift zu werden?

Huxley wünschte ihnen nichts mehr, als daß sie recht behalten würden. Aber die neueren Forschungsergebnisse tendierten eher in die gegenteilige Richtung. Offenbar konnten die Schwankungen warnungslos an jedem Ort innerhalb der Galaxis in Maximalstärke auftreten!

Entweder ›wanderte‹ jener Unruhequell, oder es gab nicht nur eine einzige Ursache. Die Fluktuationen waren mit seismischen Beben nicht zu vergleichen. Es gab keine Epizentren, von denen sich die Erschütterungen mit abnehmender Stärke ausbreiteten, und vermutlich konnten nicht einmal Genies wie Monty Bell auf Terra, der dem Vernehmen nach sogar während der Giant-Herrschaft die Untersuchungen dieses Phänomens im Auftrag der Invasoren fortgesetzt hatte, mehr tun, als über Auslöser dieser Gefahr zu spekulieren.

Huxley stoppte seinen Gedankenflug und sagte: »Ich vergaß es Ihnen mitzuteilen, Chief: Der Rat hat mir angeboten, die Generatoren für die energetischen Schutz- und Tarnschirme mit einem gerade fertiggestellten Zusatzprogramm in der Leistung noch ein wenig anzuheben. Konnte ich da nein sagen?«

Er lächelte.

Chief Erkinsson zeigte auch seine Zähne – aber ein Lächeln war es nicht. »Ich dachte immer, *ich* sei für den ordnungsgemäßen Zustand der Systeme verantwortlich... Nun, so ändern sich die Zeiten. Da kann ich ja gleich in Pension gehen und den Zwittertypen hier das Feld räumen...!«

Huxleys Lächeln vertiefte sich. Er mochte nicht nur die Nogk – er mochte auch jedes einzelne Mitglied seiner Besatzung, und wenn es darüber hinaus irgendwelche personelle Vorlieben gab, dann stand Chief Erkinsson sicher ganz oben auf der Liste.

»Ich finde daran nichts zum Lachen!« ereiferte sich der Mann mit den buschigen Augenbrauen am anderen Ende der Bildsprechverbindung.

Mit diesen Worten und einem letzten grimmigen Zähnefletschen schaltete er ab. Die Bildscheibe des winzigen Karrees in der Linken Armlehne von Huxleys Kommandosessel verdunkelte sich.

Lee Prewitt trat neben Huxleys Platz. »Ich möchte Ihnen etwas zeigen«, sagte er. »Aber es hat vermutlich nichts mit dem tragischen Vorfall in Mantagor zu tun. Würden Sie mir trotzdem ein paar Minuten Ihrer Aufmerksamkeit schenken?«

Huxley hatte immer noch über Chief Erkinssons gekränkte Eitelkeit geschmunzelt. Nun sah er in das ernste Gesicht seines Ersten Offiziers und nickte. Prewitts ganze Haltung verriet, daß ihm etwas auf der Seele lag, vielleicht schon längere Zeit. Aber vermutlich hatte ihn erst Huxleys Ausflug zur Ringstadt und dann das Unglück davon abgehalten, schon früher bei seinem Vorgesetzten vorstellig zu werden.

»Worum geht es?«

Prewitt zeigte auf den Hauptmonitor, der bislang nach Art eines Fensters lediglich einen bestimmten Bereich des Raumhafens wiedergegeben hatte. Huxleys Stellvertreter betätigte einen kleinen Impulsgeber und veränderte die Bildwiedergabe. Der Bordrechner blendete eine nicht maßstabsgetreue 3-D-Simulation des Tantal-Systems ein, die zunächst an ein Vexierbild erinnerte, denn es dauerte eine Weile, bis sich die einzelnen Elemente herauskristallisiert hatten. Außer der Sonne und ihren drei Planeten wurden eine Vielzahl von in Bewegung befindlichen roten Markierungen erkennbar.

»Nogk-Raumer«, wie Prewitt erklärend darlegte. »Die Simulation umfaßt die Flottenbewegung innerhalb des 100-Lichtjahre-Leerraums rings um das Tantal-System über die letzten vierundzwanzig Stunden.«

Huxley verinnerlichte sich die Manöver eine Zeitlang, dann fragte er schulterzuckend: »Und? Ich bin kein Stratege. Ich weiß nicht...«

»Ich bin auch kein Stratege«, wartete Prewitt gar nicht erst ab, bis er ausgeredet hatte. »Aber ich habe Probleme, mir vorzustellen, daß diese aufwendigen Manöver nur dem routinemäßigen Sicherheitsbedürfnis eines Volkes entspringen.«

Huxley kniff kurz die Augen zusammen. »Worauf wollen Sie hinaus? Sie reden doch sonst nicht so um den heißen Brei herum!«

Prewitt biß kurz die Zähne aufeinander.

Die hervortretende Wangenmuskulatur verbreiterte das Gesicht, bis er sagte: »Ich will ihnen nicht zu nahe treten, Sir, keinesfalls. Ich weiß, daß Sie hohe Stücke auf die Nogk halten, und ich akzeptiere auch, daß sie den Menschen einmal wertvolle Verbündete sein können, aber...«

»Aber? Nun machen Sie schon. Ich werde ihnen schon nicht gleich den Kopf abreißen. Die Nogk sind keine Heiligen – genauso wenig wie wir.«

Prewitt legte unglücklich den Kopf schief. Er suchte nach Worten. Den *richtigen* Worten. »Das weiß ich. Ich bin auch nur zu der Überzeugung gelangt, daß sie nicht ganz offen zu uns sind. Das hier –«, er wies erneut auf die Einspielung, »– sieht verflucht echt aus!«

»Was meinen Sie mit echt?«

»Ich meine, daß *wir*, wir Terraner, niemals einen solchen Aufwand betreiben würden, wenn der Feind nicht schon auf der Lauer liegen würde und wir davon wüßten!«

»Der Feind? Welcher Feind?«

Prewitt senkte den Arm. Er nickte. »Eben! Genau diese Frage habe ich mir auch gestellt! – Und ich betone, daß das, was ich jetzt sage, meine ganz persönliche, meine ganz subjektive Meinung ist: Aber nach allem, was unsere Scanner nicht nur die letzten 24 Stunden, sondern eigentlich schon seit unserer Ankunft im Tantal-System aufgezeichnet haben, kann man nur zu der Überzeugung gelangen, daß die Nogk jederzeit mit einem Überfall rechnen. Oder um es noch deutlicher zu formulieren: Diese Manöver sind für mich keine normale Prävention mehr, sondern ich habe eigentlich nur zwei Erklärungen.«

»Ich höre.«

»Entweder sind die Nogk hochgradig paranoid, was ihren Verfolgungswahn und die permanente Kampfbereitschaft angeht, oder...«

»Oder?«

»... sie *kennen* ihren Gegner. Und wissen ganz genau, was zu tun ist, um ihn sich vom Leib zu halten...«

Huxley lauschte Prewitts Worten eine Weile nach, während sein Blick immer noch an der Rechnersimulation hing.

Die Kriegsflotte der Nogk umfaßte mehrere hundert Großkampfschiffe, jedes etwa 600 Meter lang und bis zu

400 Meter im Durchmesser. Zur Standardbewaffnung zählte eine Vorrichtung, die überlichtschnell Energiemaschen gegen ein feindliches Ziel schleuderte. Diese golden flirrenden Netze entzogen fremden Verteidigungsschilden die Kraft, absorbierten sie bis zum Kollaps und zersetzten im Anschluß die feste Materie darunter.

Prewitt hat recht, zog Huxley ein vorläufiges Resümee. *Kein vernünftiges Volk würde so extrem aufrüsten wie die Nogk, wenn kein konkretes Feindbild existierte. Allein, um sich gegen alle Eventualitäten zu wappnen, investiert keine Spezies ihr gesamtes Potential in Kriegsgerät... Es muß jemanden geben, den die Nogk zu fürchten haben – auch aktuell. Aber wen? Ich werde mit Charaua und den anderen Ratsmitgliedern sprechen. Ich werde verlangen, daß man mit offenen Karten spielt, sonst lege ich noch heute mein...*

»Gerade kommt eine Nachricht für Sie herein, Commander, Sir!« drang die Stimme von Iggy Lory, dem Funker, in Huxleys Bewußtsein.

»Legen Sie es auf meine Kommunikationskonsole«, wies Huxley an.

Lory bestätigte.

Das Bildkarree schräg unterhalb von Huxleys Augen blieb dunkel. Lediglich eine unaufgeregte, künstlich modulierte Stimme, die sich eingangs als Charaua zu erkennen gab, bat Huxley, unverzüglich zu einer bestimmten Koordinate in der Wüste, etwas außerhalb Mantagors, zu kommen.

»Warum?« wollte Huxley wissen. Ein wenig war er noch immer darüber verdrossen, daß Charaua sich nach dem Unfall jegliche Einmischung seitens der Terraner verbeten hatte.

»Es ist wieder passiert«, antwortete der Nogk.

»Was ist wieder passiert?«

»Der Schock... Die Wehe...«

Huxley richtete seinen Oberkörper kerzengerade im Sitz auf. »Wann?«

»Vor ein paar Minuten eurer Zeitrechnung.«

»Gibt es wieder... Opfer zu beklagen?«

»Keine Toten, nur einige Leichtverletzte und beträchtlichen Sachschaden. – Aber wir glauben jetzt den Ausgangspunkt der Störungen ausgemacht zu haben...«

Huxley stand auf und beugte sich mit dem Kopf näher zu der Lehne hinunter, aus der Charauas Kunststimme tönte.

»Was ist daran schuld?«

»Das kann man schlecht erklären. Ich bitte dich, hierher zu kommen und dabei zu sein, wenn es geschieht.«

»Wenn *was* geschieht?«

»Wenn der Kegel sich öffnet. Es kann nicht mehr lange dauern, bis er sich aufgelöst und den Toten darin freigegeben hat...«

3.

Ein Schweber der Nogk holte Huxley im Schatten seines zweihundert Meter hohen FO-Raumers ab.

Das pfeilschlanke Schiff war auf einer Werft der Terranischen Flotte entstanden, aber sein Innenleben hatte sich seit dem Zusammentreffen mit den Nogk drastisch verändert. Neben Offensivwaffen wie dem Projektor, der golden flirrende Energienetze werfen konnte, war der ›Unsichtbarkeitsschirm‹ die wohl wertvollste Errungenschaft.

Die Scanner der neuformierten Terra-Flotte waren ebenso wie die anderer galaktischer Völker außerstande, einen Nogk-Raumer zu orten, wenn dessen Kommandant dies nicht wollte.

Auf dem Gebiet der Tarntechnologie waren die Nogk unter allen bekannten Spezies führend.

Huxley hatte sein und das Leben der FO-Besatzung verpfänden müssen, um in den Genuß dieser Hochtechnologie zu kommen. Ein Schwur hatte ihn an das Versprechen gebunden, diese Errungenschaften niemals in terranische Hände oder in den Besitz eines Fremdvolkes gelangen zu lassen.

Es existierten ausgeklügelte Selbstvernichtungsmechanismen, die auf Parameter ansprachen, von denen Huxley nicht einmal einen Bruchteil kannte.

So gesehen, saß man an Bord der FO-1 auf einem Pulverfaß, dessen Lunte jederzeit zu brennen beginnen konnte...

»Ich grüße dich«, sagte der Pilot, neben dem Huxley in einen Sitz niedersank, der sich ergonomisch an seine Anatomie anpaßte. »Ich heiße Chirra.«

Seine Fühler pendelten sacht hin und her. In den starren Facetten seiner Augen war keine Regung abzulesen.

Chirra trug bleifarbene Kleidung. Er nahm ein paar Sensorschaltungen vor, woraufhin das Vehikel auf seinem Antigravpolster abhob, zügig Fahrt aufnahm, einige Eiraumer umkurvte, zwischen denen die FO-1 wie ein Zwerg anmutete, und schließlich die Richtung nach Mantagor einschlug.

Huxley war nicht in der Stimmung, sich auf ein Gespräch mit seinem Chauffeur einzulassen. Die Minuten verrannen schweigend. Die Atmosphäre war weder dem Terraner noch dem Nogk angenehm, wie eine Reihe von Reaktionen, die Huxley inzwischen zu deuten gelernt hatte, bewiesen.

Er war erleichtert, als die Ringstadt auftauchte.

Chirra steuerte den Schweber in östlicher Richtung daran vorbei und landete unmittelbar zu Füßen der Flanke der Ringstadt, die wie ein künstliches Gebirge senkrecht aufragte.

Hier, im Schatten und auf Wüstensand gepflanzt, erhob sich eine kaum überblickbare Anzahl von kegelförmigen Monolithen.

Diese knapp vier Meter hohen Gebilde schienen aus ähnlichem Material gefertigt zu sein wie die Städte dieses Planeten. Bei genauerem Hinsehen gab es jedoch durchaus Unterschiede in der glasartigen Masse.

Am makabersten wirkte aus menschlicher Sicht der *Inhalt.*

Die Nogk bestatteten ihre Toten nicht, sondern ›froren‹

ihre Leichen quasi in halbtransparenten Kegeln ein, um sie öffentlich zur Schau zu stellen.

Auch die Toten hatten die Reise in die neue Heimat mitgemacht. Nach Huxleys Informationen waren eigens Schiffe der Flotte zu diesem Zweck umgebaut worden.

Diese Totenschiffe würden nach Vollendung der Umbauten auf Nogk I eingelagert werden, um sie zu einem späteren Zeitpunkt wieder verfügbar zu haben.

Offenbar hatte der Untergang Charrs die Nogk dermaßen verunsichert, daß sie dem Tantal-System noch nicht zutrauten, Heimat für immer zu sein...

Huxley verließ den Schweber, der warten würde, um ihn wieder zur FO-1 zurückzubringen.

Seine Stiefel versanken im weichen Sand. Die Sonne stand fast im Zenit und glühte erbarmungslos aus einem grünstichigen Himmel herab.

Das Rauschen des Windes in den Ohren endete abrupt, als Huxley nach wenigen Schritten einen unsichtbaren, aber nichtsdestotrotz spürbaren Widerstand überwinden mußte.

Es handelte sich um ein harmloses, nach oben hin offenes energetisches Prallfeld, das die neue Aufbewahrungsstätte der Totenkegel vor Flugsand schützen sollte. Vermutlich war die Steuereinheit mit Sensoren gekoppelt, um die Stärke der Barriere den jeweiligen Windgeschwindigkeiten anzupassen.

Huxley machte sich nicht allzuviele Gedanken darüber. Schon von weitem sah er, um welchen Kegel herum sich eine ganze Gruppe von Nogk versammelt hatte.

Im Näherkommen wurde klar, daß es sich ausnahmslos um Mitglieder des nogkschen Rates handelte, was keinen Zweifel über die Bedeutung des Vorgangs ließ, den Charaua in seiner Nachricht nur knapp angesprochen hatte.

Dies hier war kein regulärer Heldenpark, wie ihn auf Nogk II jede Stadt besaß, und in dem eine Entsprechung terranischer Friedhöfe gesehen werden konnte.

Es war der Park der *Unbekannten Helden*, wie Huxley von Charaua wußte. Die Totenkegel mit den identifizierbaren Verstorbenen wurden in aller Regel jenen Städten zugewiesen, in denen sich die Mehrzahl ihrer noch lebenden Verwandten aufhielt. Die nicht identifizierbaren wurden hingegen in einem zentralen ›Park‹ gesammelt. Auf Nogk II hatte man Mantagor auserkoren, die Fürsorge und Schirmherrschaft darüber anzutreten.

Ganz Mantagor.

Jeder einzelne Bewohner wurde, was die Pflegschaft der Toten anging, in die Pflicht genommen, und wie es aussah, gab es gegen diese doch eher auferzwungene Regelung nicht das geringste Aufbegehren.

Auf Terra, das wußte Huxley, wäre dies in solcher Form kaum durchsetzbar gewesen.

Und er wußte auch, daß der Verlauf der letzten zwölf Stunden ihn von der Notwendigkeit überzeugt hatte, seine Ehrenmitgliedschaft im Rat der Nogk neu zu überdenken.

Er war fest entschlossen, seine Rolle nicht länger auf die eines diplomatischen Strohmanns reduzieren zu lassen, sondern auch die mit der Ratsmitgliedschaft verbundenen Rechte einzufordern.

Nötigenfalls würde er seinen Ehrentitel zurückweisen, wenn man ihm weiterhin die Einblicke in die nogksche Kultur versagt wurden, die zu einem tieferen Verständnis absolut unumgänglich waren!

Es war verständlich, daß ihn ein leichter Schauder überkam beim Anblick der toten Nogk, die in ihren Kegeln wie in Bernstein eingeschlossene, groteske Insekten aussahen.

Huxley schämte sich solcher Empfindungen nicht.

Fröstelnd marschierte er auf die Gruppe zu, aus der sich ein einzelner Nogk löste und ihm entgegenkam.

Es war Charaua.

»Ich bitte dich, nachher zu schweigen«, sagte Huxleys nogkscher Vertrauter, nachdem sie eine kurze Begrüßungsfloskel ausgetauscht hatten. »Es war nicht leicht, überhaupt durchzusetzen, daß du Zeuge dieses Geschehens sein darfst... Nun, da es bewilligt wurde, solltest du diesen auch für uns bislang einmaligen Akt würdigen, indem du dich zurückhältst. Bist du dazu bereit?«

Jeder Satz, der aus Charauas Transformer drang, bestätigte Huxley darin, daß er im Grunde ein *gelittenes*, kein wirklich gleichgestelltes Ratsmitglied war.

Es störte ihn. Dieser Mangel an Vertrauen kränkte ihn zutiefst, wenngleich er sich immer wieder klar machte, wie schwierig es für ein Volk mit einer völlig anderen Mentalität sein mußte, ihn, den Fremden, vorbehaltlos zu akzeptieren.

Waren die Nogk nicht schon in unglaublicher Weise über ihren Schatten gesprungen, als sie einem Terraner ein Ehrenamt angeboten hatten?

Erwartete er nicht einfach zu vieles zu schnell von dieser Spezies?

Mußten Diplomaten nicht *etwas* geduldiger sein?

Huxley ballte kurz die Fäuste.

Das Weltall und seine Wunder reizten ihn, nicht jedoch

ein verstaubtes Amt bei wem auch immer! Unter diesen Umständen...

»Bist du dazu bereit?« drängte Charaua, während er die Sinnesorgane seines Kopfes immer wieder auf die wartende Gruppe richtete.

Huxley gab sich einen Ruck.

»Ich weiß nicht, *was* hier vorgeht – und warum es diese Dramatik erzeugt. Aber gut, dieses eine Mal bin ich noch bereit zu schweigen. Doch danach müssen wir reden. Ich verlange –«

»Wir werden – wie du es nennst – reden«, versicherte Charaua.

Er krümmte sich leicht, was aber nichts mit Huxleys Forderung zu tun zu haben schien. Auch die entfernt stehende Gruppe wirkte vorübergehend etwas orientierungslos.

»Geht es wieder los?« fragte Huxley.

Als wollte er das Gegenteil demonstrieren, setzte sich Charaua stockend in Bewegung.

»Komm jetzt. Ich deaktiviere nun die Verständigungseinheit. Du kannst zusehen. Du darfst erleben, was noch nie ein Nogk erlebte. Vielleicht schweißt dich dieses... Wunder enger mit uns zusammen... Ich wäre sehr froh darüb...«

Das letzte Wort erstickte bereits in der angekündigten Abschaltung.

Huxley sperrte auch sein Armbandvipho, um eine Störung seitens der FO-1 zu vermeiden. Dann folgte er dem immer wieder unter unsichtbaren Kräften schwankenden Nogk.

Ein Funke in der Finsternis.

Wo... bin ich? Werden sie jetzt kommen? Werde ich nun durch die Mühlen ihrer Verhöre gezogen, damit sie mir entreißen können, was...?

Alles in mir dreht sich. Ein Strudel zerrt an mir. Wurde ich nicht getroffen? Wurde ich nicht...

Nein, sie haben mich nicht getötet, genau wie ich es befürchtet habe! Sie wollen mein WISSEN!

So einfach werden sie mich nicht davonkommen lassen. Sie haben ihresgleichen geopfert, um meine Flucht zu stoppen!

OH, ICH BIN IHNEN MEHR WERT ALS EINEN STRAHL SONNENHEISSER ENERGIE!

Aber warum kann ich mich nicht selbst vernichten? Warum funktioniert nicht, was mir versprochen wurde?

Das Licht wird heller. Das Licht gebiert Formen.

SIE!

Ich ahne – nein, eigentlich weiß *ich es –, daß nur SIE sich daraus formen können, niemand sonst!*

Das Schiff wurde von ihnen geentert. Es trieb bereits steuerlos im Ozean des Alls... Nein! Bitte!

Ich will SIE nicht mehr schauen müssen!

Ich – will – sie – nicht – – –

Etwas zerreißt mich. Mein Körper meldet sich zurück. Er...

BITTE – NICHT...!

Was mich lange hielt, läßt los. Ich kippe nach vorn.

Bin ich überhaupt noch auf dem Schiff? Wie lange ist es her, daß ich das Bewußtsein verlor?

Ich versuche einen Schritt. Sinnlos. Immer noch blind – geblendet – taumele ich nach vorn. Ein Abgrund tut sich auf. Ich stürze...

Und die Helligkeit... sie erlischt.

Ich wünschte, für immer.

Aber ich weiß, daß SIE nicht ruhen werden, bis die Flamme neu in mir lodert und ich Verrat begehe an...

Blitze umtanzten das Grab.

Für Huxley war es ein Grab – was auch sonst?

Mit jedem Schritt, den er dem von Energie umzüngelten Totenkegel näherkam, wurde offenbarer, was hier passierte.

Was Charaua und die anderen Ratsmitglieder erzittern ließ. Sie kämpften. Sie stritten mit etwas, das ihnen eine unvorstellbare Pein zufügte – und dem sie sich dennoch stellten!

Warum?

Warum beriefen sie nicht einfach einen Teil ihrer riesigen Armee, einen Teil ihrer Flotte ab, um diesem Spuk ein Ende zu bereiten?

Wenn das, was sie heimsuchte, tatsächlich seine Ursache in diesem... Ding hatte, dann war es ein verschwindend kleines Opfer, es zu zerstören, bevor es...

Huxley kam nicht dazu, seinen Gedanken zu Ende zu führen. Er ertappte sich dabei, daß sich seine Hand auf den Knauf des Handblasters in seinem Gürtel legte, um sich – entgegen dem Charaua erteilten Versprechen – vielleicht doch nicht völlig im Hintergrund zu halten.

Doch dazu mußte es nicht mehr kommen.

Die vereinzelten energetischen Effekte vereinigten sich urplötzlich zu einem einzigen gewaltigen Blitz...

... und dann existierte der Kegel, der den Toten ummantelt hatte, nicht mehr!

Staunend starrte Huxley auf die Stelle, wo sich der sonderbare Monolith gerade noch erhoben hatte.

Überall um ihn herum brachen Schreie aus den Mündern der Nogk. Aber nicht sie waren es, was Huxleys Erstaunen in Entsetzen verwandelte.

Der Grund für das klamme Grauen, das sich in seine Herzkammern stahl, war der Tote. Denn er fiel nicht einfach, seines Halts beraubt, sondern einen quälend langen Moment sah es aus, als würde er versuchen, einen Schritt zu tun.

Er *tat* einen Schritt!

Und auch wenn er kurz darauf einknickte, Huxleys Verstand streikte.

Was war das?

Ein Reflex, ausgelöst von der elektrischen Energie, die den Leichnam durchdrungen hatte...?

Mit dem Sturz der völlig unversehrten Gestalt schienen die Heimsuchungen der Ratsmitglieder jäh zu enden.

Charaua war unter den ersten, die neben dem Toten knieten.

Andere folgten.

Huxley war nicht mehr in der Lage, *hinter* die Traube aus reptilienartigen Leibern zu blicken.

Doch unversehens löste sich ein Nogk wieder daraus und rannte auf ihn zu.

Eine künstliche Stimme rief Huxley beim Namen. Und dann folgte ein Schwall von Worten, die der Terraner nie mehr in seinem Leben vergessen würde.

»Er... lebt! Er denkt! Bis zuletzt glaubten wir an eine Täuschung, doch nun... Er atmet! Wir haben schon veranlaßt, daß er abgeholt wird...!«

»Abgeholt?« Huxley sah Charaua benommen entgegen.

Der Tote lebt, dröhnte es in seinen Schläfen.

»Von den Meegs. Die Meegs werden den Namenlosen in ihre Obhut nehmen!«

Den Namenlosen.

Huxley starrte kopfschüttelnd zu den Ratsmitgliedern, die ihre Konfusion auslebten, als wäre es ein Rausch, den sie niemals bedauern mußten.

»Du wirst es begreifen – wenn du verstanden hast«, orakelte Charaua, als am Himmel über ihnen Bewegung entstand.

»Sie kommen«, erklärte der Nogk unmittelbar darauf aus dem Transformer, was Huxley auch schon erkannt – zumindest geahnt – hatte.

Die Meegs.

Die Meegs kamen...

4.

»So sind die alten Legenden unseres Volkes also doch mehr als nur Geschichten...!«

Huxley blickte den neben ihm gehenden Charaua an. »Wovon redest du?«

»Der Tod bedeutet für uns Nogk nicht das Ende von allem. Es ist möglich, ihn zu überwinden und das Leben gereift fortzusetzen«, antwortete Charaua. Obwohl seine Stimme nur aus dem Übersetzungsgerät kam und infolgedessen nicht wirklich echt sein konnte, meinte Huxley einen geradezu ehrfürchtigen Ton darin wahrzunehmen.

Er enthielt sich eines Kommentars, denn er wollte den Nogk, der immer noch unter dem Eindruck des ›Totenerwachens‹ stand, nicht verletzen. Es war ohnehin schwer nachvollziehbar, was in Charaua und den anderen Nogk vorging, die Zeugen des Ereignisses geworden war. Als Terraner konnte er sich *bemühen*, sie zu verstehen. Und vielleicht würde das immer so bleiben. Vielleicht konnte wahres Verständnis zwischen zwei solch unterschiedlichen Rassen nie entstehen, sondern allenfalls Toleranz und Akzeptanz. Aber auch auf einer solchen Basis ließ sich nach Huxleys Dafürhalten ein dauerhaftes Bündnis gründen.

Ein weiteres eindrucksvolles Beispiel dafür, wie grundlegend anders Mensch und Nogk waren, wurde Frederik Huxley gerade – im wahrsten Sinne des Wortes – vor Augen geführt: Bisher hatte er sich unter dem *Born der*

Meegs immer etwas wie eine ›Aufzuchtstation‹ vorgestellt. Seinen Informationen zufolge schlüpften hier die jungen Nogk aus ihren Eiern, um danach in die Hege und Pflege der *Bewahrer des Lebens* überzugehen, wo sie die weitere Entwicklung durchliefen.

Tatsächlich aber verbarg sich hinter den Mauern dieser Gebäude jedoch sehr viel mehr als nur eine Stätte, an der die Nogk das Licht ihrer künftigen Welt erblickten.

Zwar öffnete sich Huxley nur ein winziger Teil dieses *Mehr*, dennoch war es auf eine Weise, die er selbst kaum in Worte kleiden konnte, bei jedem Schritt, jedem Atemzug zu spüren, welch gewaltiges Mysterium von diesen Räumen behütet wurde.

Schon die Tatsache, daß ihn Charaua auffallend zügig durch die Korridore und Hallen schleuste, verriet dem erfahrenen Commander, daß das wenigste hier für seine Augen bestimmt war.

Auch die Art und Weise, mit der ihn die Meegs, denen sie begegneten, musterten, gab ihm keineswegs das Gefühl, willkommen zu sein.

Gleichzeitig bemerkte Huxley jedoch, daß sich auch sein Begleiter an diesem Ort gehemmter als sonst bewegte. Bei Charaua dominierte jedoch nicht das Unbehagen. Für ihn schien es zugleich eine besondere Ehre, sich hier aufhalten zu dürfen.

Der *Born der Meegs* – so hatte Charaua diesen Bereich der Stadt bezeichnet – mußte für die Nogk ein ganz besonderer Ort von größter Bedeutung sein.

Huxley hatte schon früher beobachtet, daß man der Errichtung der zugehörigen Zonen beim Bau der Stadt stets Vorrang vor allem anderen eingeräumt hatte.

Selbst vor Einrichtungen, die – aus Huxleys Sicht – für

das Gemeinwohl eigentlich hätten wichtiger sein müssen. So aber war der *Born* als erstes fertiggestellt worden – ein Ort, an dem man sich nicht nur um die kommende Generation kümmerte, sondern auch um diejenige, die Abschied nahm. Daß in diesen Mauern dem Tod ein fast gleichberechtigter Stellenwert zukam wie dem Leben, war zweifelsfrei zu spüren.

Die Sektionen, die Huxley an Charauas Seite passierte, waren in düsteres Zwielicht getaucht. Überall lag die Temperatur auf jenem schmalen Grad zwischen angenehmer Wärme und frösteln machender Kälte.

Solche Bedingungen hatte Huxley schon auf der Erde gehaßt.

Obwohl die Räume gerade erst bezogen worden und somit gewissermaßen ›nagelneu‹ waren, haftete ihnen bereits – beinahe als wäre es gewollt – etwas betont *Altes* an. Dieses Fluidum nistete in jeder Wand wie der Geruch eines feuchten Kellers – eines feuchten und lichtlosen Kellers, in dem manches verborgen bleiben mußte...

Huxley verspürte ein Gefühl absurder Erleichterung, als Charaua sagte: »Hier ist es.«

Der blaugekleidete Nogk berührte einen in die Wand eingelassenen Sensor, worauf ein Wandsegment lautlos zur Seite glitt.

Ohne Zögern folgte Huxley Charaua in den Raum, der sich ihnen geöffnet hatte.

Es war eine nicht sonderlich große Kammer, und durch die technischen Apparaturen darin war es überaus eng. Die Bedeutung der Gerätschaften konnte Huxley höchstens erraten. In Anbetracht des Grunds für ihren Besuch vermutete er, daß sie – im weitesten Sinn – medizinischen Zwecken dienten.

Außer Charaua und ihm waren noch zwei gelbgekleidete Meegs anwesend, deren Blicke starr auf die Leuchtdioden eines Gerätes gerichtet zu sein schienen. Flackerndes, pulsierendes Licht spiegelte sich in den dunklen Facettenaugen der beiden Bewahrer und verlieh ihnen ein geheimnisvolles Eigenleben.

»Wie geht es dem Erwachten?« fragte Charaua, nachdem er mit seiner reptilienhaften Hand eine seltsame Geste als Gruß an die Bewahrer vollführt hatte.

»Er erholt sich schnell«, antwortete einer der Meegs aus dem Gedankentransformer, den Charaua bei sich trug. Die Meegs selbst hatten sich auf Huxleys Kommen nicht vorbereitet, und so schien es, als wiederholte Charaua die Antwort, die ihn erreicht hatte, noch einmal in Gedanken, um sie dem Terraner zugänglich zu machen.

Ein mehr als umständliches Verfahren für eine sonst so hochtechnisierte Spezies wie die Nogk.

Einer der Bewahrer berührte jetzt ein Tastenfeld auf seiner Arbeitskonsole und schaltete damit ein ovalflächiges Wandstück transparent.

Im ersten Augenblick dachte Huxley, ein Fenster in einen angrenzenden Raum habe sich geöffnet. Doch dann erkannte er, daß es sich um einen Monitor handelte, der sich aktiviert hatte.

Der Bildschirm zeigte ausschnittsweise eine weitere Kammer. Mittelpunkt des Bildes war ein waagrechter gläserner Tank, auf dessen Oberfläche sich vielfarbiges Licht aus unsichtbarer Quelle spiegelte. Erst bei genauerem Hinsehen wurde Huxley bewußt, daß der Behälter nicht leer war. Ein Nogk lag darin – zweifelsohne jener, der draußen vor der Stadt aus dem Totenkegel gefallen war. Es schien, als würde er einer speziellen Strahlentherapie unterzogen, jener ähnlich, die jedem Nogk während seiner Regenerations- und Tiefschlafphase zuteil wurde.

Die in die Monitorscheibe eingeblendeten Anzeigen pulsierten im gleichen Rhythmus wie die Dioden, die für die Meegs offenbar von größter Aussagekraft waren.

Davon ging etwas Hypnotisches aus, fand Huxley und entzog sich dem einschläfernden Takt, indem er den Blick löste.

Doch sofort sah er fast erschrocken wieder hin!

Der Rhythmus der Lichter hatte sich gerade abnorm *beschleunigt*.

»Was bedeutet das?« entfuhr es ihm.

»Vermutlich erwacht er aus seiner Bewußtlosigkeit«, äußerte sich Charaua dazu.

Huxley registrierte hinter der Behälterwand unkontrollierte und zögerliche Bewegungen.

»Willst du mich begleiten?« wandte sich Charaua an den Terraner.

»Wohin?« fragte Huxley.

In einer der umgebenden Wände schufen auseinanderweichende Lamellen eine deckenhohe Türöffnung.

Huxley vermutete, daß die vorherige Monitorschaltung in den nun zugänglichen Raum eine reine Vorsichtsmaßnahme bezüglich der dort herrschenden Strahlung gewesen war.

Sie mochte auf einen Nogk im Wachzustand anders wirken als in der Bewußtlosigkeit – und erst recht auf einen Menschen.

Jetzt sah Huxley auch, daß die Emissionspole der Bestrahlungsinstrumente in die Decke der Nachbarkammer eingelassen waren.

Ihr Farbenspiel veränderte sich, als Charaua durch die Wandöffnung trat.

Huxley folgte zögernd. *Ich habe verdammt kein gutes Gefühl*, dachte er, als sein Blick durch die transparente Behälterwand hindurch zu dem liegenden Nogk wechselte.

War er bereits wach? Sah er sie kommen?

Charaua wandte kurz den Kopf, als wollte er auf Huxleys Gedanken eingehen. Vages Unbehagen schien auch in seinen Facettenaugen zu glimmen.

Huxley räusperte sich und setzte zu einer Frage an, die er aber nie stellte, weil in diesem Moment der Tank vor ihnen auseinanderzubersten schien.

»Verdammt, was ist denn in den Kerl gefahren?!«

Charaua gab keine Antwort auf Huxleys Ausruf. Der Nogk aus dem Totenkegel hatte den Deckel des gläsernen Tanks von innen zerschmettert und sprang jetzt wie ein Kastenteufel aus dem Behälter – auf eine Weise brüllend, daß sich Huxley unter Schmerzen krümmte. Charauas Gedankenschrei klang durch die Transformation fast nüchtern, obwohl der Hieb, mit dem ihn der andere beiseite fegte, von mörderischer Gewalt war.

Hart prallte der Blaugekleidete gegen die nächste Wand und rutschte benommen daran zu Boden.

Der erwachte Nogk stürmte nun ohne Zögern auf Huxley zu, dem der Bruchteil einer Sekunde blieb, um das Bild der personifizierten Gefahr in sich aufzunehmen.

Es war furchteinflößend.

Zwar empfand er noch immer beim Anblick der meisten Nogk unterschwelliges Unbehagen – ihr fremdartiges

Aussehen rührte an Instinkte, die er einfach nicht völlig ausschalten konnte –, aber dieses Exemplar ließ ihn schier schaudern!

Der Nogk wirkte kräftiger als seine Artgenossen, *martialischer*. Und er war gefährlich!

Diese Überlegungen rasten wie Blitze durch Huxleys Kopf. Dann rissen seine Reflexe die Kontrolle über Tun und Denken an sich.

Der Schlag des angreifenden Nogk hätte ihm vielleicht den Kopf von den Schultern gerissen, ganz sicher aber hätte die Wucht ihn gegen die Wand geschmettert, wenn er nicht gedankenschnell darunter weggetaucht wäre!

Sofort ging er seinerseits zum Angriff über. Sein Schulterstoß stoppte den Nogk, sein nachgesetzter Tritt gegen die Brust ließ den fast einen halben Meter größeren Goliath zurücktaumeln!

Aus den Augenwinkeln bekam Huxley zweierlei mit: Charaua richtete sich wieder auf, und die Wandöffnung, durch die sie hereingekommen waren, schloß sich!

Die beiden Meegs draußen ließen gewissermaßen eine Falle zuschnappen, um einen Ausbruch des tobsüchtigen Nogk zu verhindern. Zugleich aber nahmen sie billigend in Kauf, daß Huxley und Charaua mit dem offenbar Wahnsinnigen eingesperrt blieben!

»Hey!« schrie Huxley auf. »Das könnt ihr doch nicht...?!«

Den Rest des Satzes verschluckte er mit etwas Blut. Ein Hieb hatte seine Lippen aufplatzen lassen.

Charaua warf sich bereits wieder in den Kampf. Er versuchte, den anderen Nogk von hinten zu umklammern. Doch der Erwachte sprengte den Griff mit einem bloßen Schütteln seines nackten, schwarz gepunkteten Oberkörpers.

Huxley griff ebenfalls wieder ins Geschehen ein. Aber seine Fäuste konnten den Libellenschädel wegen des Größenunterschieds kaum ernsthaft treffen. Und die Schläge, die Huxley ihm gegen die Brust donnerte, beeindruckten ihn nicht sonderlich.

Kalte Reptilienfinger legten sich um seinen Hals, drückten zu und stemmten ihn gleichzeitig hoch.

Huxley wurde die Luft knapp. Seine Hände schlossen sich um die Gelenke des Nogk, tasteten sich zu dessen Fingergliedern. Doch ihm fehlte schon die Kraft, um die Hände des anderen umzubiegen und zum Loslassen zu zwingen.

Ganz nah sah er die Facettenaugen des Nogk jetzt vor sich. Ein kalter Schimmer glitzerte darin, fast wie eiskalter Haß...

Huxley keuchte erstickend.

Er glaubte noch, ein leises Zischen zu hören. Dann erreichten ihn die schwarzen Wogen eines finsteren unbekannten Meeres, und alles um ihn herum... erlosch.

5.

»Er kommt zu sich...«

Huxley blinzelte gegen ein stroboskopartiges Licht, dessen pulsierendes Flackern im selben Moment erlosch, in dem er auch seine veränderte Umgebung realisierte.

Was ist passiert?

»Das Betäubungsgas, mit dem wir die Kammer fluten mußten, hatte unvorhersehbare Auswirkungen auf deinen Metabolismus, Huxley-Freund«, sagte eine Stimme, die ebenso wie die vorherige klang.

Wieder reflektierte Huxleys Netzhaut zuckende Lichterscheinungen, deren Quelle genau dort lag, wo Charaua mit entblößtem Oberkörper stand. Ohne recht zu begreifen, worauf er eigentlich starrte, betrachtete Huxley die metallisch schimmernde Ellipse, die er noch nie zuvor an Charaua wahrgenommen hatte. Sie war offenbar in die Haut des Nogk eintätowiert.

»Es ist keine Tätowierung.«

Noch während die Worte aus einem kleinen Gerät erklangen, das vor *Huxleys* Brust hing, wurde Charauas gesamter Körper von einer aurenhaften, rötlich pulsierenden Helligkeit umflossen.

»Kein Tattoo...?«

»Nein.«

Immer wenn Charaua antwortete, leuchtete er auf. Wenn er schwieg, wirkte der Nogk allerdings wieder ganz wie gewohnt. Dann war seine lederartig braune Haut nur von den üblichen gelben Punkten durchmustert.

»Was sonst?«

Huxley versuchte sich aufzurichten. Es gelang wider Erwarten gut. Der eiförmige Gedankentransformer, den sonst stets Charaua getragen hatte, rutschte an einer Kette bis zum Bauchansatz. Kopfschüttelnd umfaßte Huxley ihn mit der Hand. Er fühlte sich warm an.

»Was du auf meiner Brust siehst, ist ein Implantat«, tönte es aus dem Ding zwischen seinen Fingern. »Es ersetzt das, was du gerade berührst.«

Huxley hatte immer noch Mühe, Charauas Ausführungen zu folgen, zumal sich seine Gedanken weiterhin mit dem Vorfall bei den Meegs beschäftigten.

»Und wenn du einverstanden bist«, fuhr Charaua fort, »wirst auch du ein solches Implantat erhalten, damit du künftig ohne die geringste Behinderung mit uns kommunizieren kannst.«

Huxley fröstelte.

»Damit meine geheimsten Gedanken noch offener vor euch ausgebreitet sind? Und eure vor mir...?«

»Weder noch. Im Gegenteil. Der Rat hat entschieden. Du genießt unser uneingeschränktes Vertrauen und –«

»Ach«, unterbrach ihn Huxley. »Das soll nicht etwa eine Art Wiedergutmachung sein, weil ihr mich mit eurem Gas fast umgebracht hättet?«

»Dein Leben war keinen Moment in Gefahr.«

»Hast du nicht gerade vorhin unvorhersehbare Auswirkungen auf meinen Metabolismus erwähnt?« hakte Huxley nach. »Wenn sie wirklich nicht vorhersehbar waren, hätte mich das Zeug also ebensogut zum Krüppel oder Schwachsinnigen machen können – oder...«

»Nein.« Falls Charaua verunsichert worden war, zeigte

er es jedenfalls nicht. »Wir haben nichts gutzumachen. Die Meegs handelten aus purer Notwendigkeit heraus. Nanghkor hätte uns sonst in seinem Wahn beide getötet. Er verfügt über berserkerhafte Körperkräfte...«

»Nanghkor?« fragte Huxley.

»Das ist sein Name.«

»Woher wißt ihr das?«

»Von ihm.«

»Er ist also wieder erwacht und bei Sinnen?«

Charaua bejahte. »Seit etwa achtundvierzig deiner Stunden«, sagte der Nogk und informierte Huxley dadurch indirekt auch über die Dauer *seiner* Ohnmacht...

»Achtundvierzig Stunden? *Zwei volle Tage...?* Das – glaube ich einfach nicht!«

Huxley stöhnte auf und griff sich an die Stirn, als müßte die fehlende Zeit ein Loch in seinen Schädel gebrannt haben.

»Warum sollte ich dich belügen?«

Ja, warum?

»Mein... Schiff! Meine Besatzung!«

»Sie ist informiert.«

»Man hätte mich niemals solange...«

»Man mußte dich unserer Obhut überlassen. Wir – beziehungsweise die Meegs – waren die einzigen, die dich vor größerem Schaden bewahren konnten. Es war ihr Neurogas. Folglich lag es nahe, daß der Rat anordnete, ihnen auch die Dekontamination zu übertragen. Deine eigenen Leute hätten dich vermutlich nicht mehr retten können...«

Huxley lauschte in sich hinein. Sonderbarerweise fühlte

er sich wohl, bis auf einen leichten Kopfschmerz und eine Mattigkeit in den Gliedern. Aber ihm war weder übel, noch schien die unfreiwillige Begasung wirkliche Einschränkungen in seiner Motorik hinterlassen zu haben.

»Wenn du mir durch die Blume beibringen willst, daß ich euch eigentlich noch dankbar sein müßte...«

»Das will ich keineswegs«, unterbrach ihn Charaua. »Ich bin hier, um mich im Namen aller Nogk zu entschuldigen. Dieser Vorfall... oder wie immer man es nennen will... hat auch uns völlig überrascht. Die meisten von uns stehen noch immer völlig unter dem Eindruck dessen, was draußen im Totenpark geschah. Dieses Erwachen, von dem nur Legenden berichten... Die alten Prophezeiungen... Du kannst gar nicht wissen, was uns Nanghkors Rückkehr an Möglichkeiten eröffnet, von denen wir nicht einmal zu träumen wagten...!«

»Nogk träumen?« Huxley bemühte sich nicht wirklich, eine gewisse Anzüglichkeit aus seinem Tonfall herauszuhalten.

»Natürlich«, verblüffte ihn nun seinerseits Charaua. »Aber nicht wie ihr Terraner im Schlaf, wir ergeben uns im Wachzustand in diesen von Sehnsüchten geprägten Zustand. Wir träumen gezielt. Wir entwerfen unsere Visionen. Unsere Strategien...«

»Um Kriege zu führen?«

»Um zu überleben. Und uns fortzuentwickeln.«

»Was strebt ihr an? Ein Imperium? Ein unaufhörlich expandierendes Reich...? Ich hoffe nicht, daß ihr mich die ganze Zeit zum Narren gehalten habt und daß hier im Tantal-System die Brutzelle eines Sternenreichs entstehen soll, das für unzählige andere intelligente Bewohner der Milchstraße zum Alptraum werden würde...«

Charaua trat einen Schritt von Huxley zurück. »Die Nogk verfolgen solche Ziele nicht! Die Nogk sind Kinder des Friedens... in einer gewalttätigen Welt allerdings. Wir reagieren. Wann immer wir kämpften, taten wir dies erst, nachdem uns selbst der Schrecken heimgesucht hatte...«

»Was macht dich so sicher?«

In Charauas Sehorganen schienen gespenstische kleine Lichtentladungen stattzufinden. Auf absurde Weise ähnelte es den optischen Phänomenen, die den Zerfall von Nanghkors Totenkegel begleitet hatten.

»Hast du nicht immer wieder betont, daß ihr eure Vergangenheit *vergessen* habt?« fragte Huxley. »Stimmt es etwa gar nicht, daß eure Aufzeichnungen nur *fünf* Generationen zurückreichen? Das sind, wenn die vagen Angaben stimmen, die ich über eure Lebenserwartung bekam, umgerechnet etwa zweitausend Jahre. Im Prinzip müßtet ihr also die Mysterious noch gekannt haben. Aber auch darüber schweigt ihr... Ihr macht es einem wirklich nicht einfach, euer Freund zu sein – wie du mich vorhin nanntest.«

»Es gibt keine Freundschaft zwischen dir und mir?« tönte es emotionslos aus dem Ei vor Huxleys Brust.

Er versuchte, eine Regung daraus zu entnehmen, scheiterte aber wie gewohnt.

»Doch«, erwiderte er, immer noch fasziniert von der Wirkung, welche die von Charaua ausgestrahlten Gedankenimpulse an dem Emblem auf der Haut des Nogk hervorriefen. Die pulsierende Darstellung war nicht einfach nur eine Ellipse, darüber hinaus verwandelten sich ihre beiden Brennpunkte – sobald Charaua eine Botschaft aussandte – in zwei schillernde Markierungen, die wie rotierende Kugeln aussahen. Wenn er schwieg, wurden sie wieder zu zwei nadelfeinen Brennpunkten, wie auch das Violett aus dem Emblem wich, und die Aura um den restlichen Körper erlosch. »Zwischen dir und mir gibt es diese Freundschaft«, fügte Huxley hinzu, »und ich freue mich, daß du es genauso siehst. Aber ich wünsche mir sehr viel mehr. Die Bindung zwischen dir und mir sollte nur der Anfang sein – leider sehe ich jedoch keine Tendenz für Fortschritte, was das wirkliche Ziel angeht, das *völkerverbindende* Element...«

»Du irrst. Und das ist es, was ich dir begreiflich zu machen versuche: Von nun an bist du jedem Ratsmitglied gleichgestellt. Du solltest das Implantat annehmen. Es schaltet ein Stück Fremdheit zwischen uns aus. Versuche es wenigstens. Man kann es jederzeit wieder risikolos entfernen.«

»Das bezweifele ich. Immerhin wäre ich der erste Mensch, der euch für Erfahrungswerte zur Verfügung steht. Und wenn ich an das Gas denke...«

Er schüttelte den Kopf.

»Bitte.«

An diesem Bitte begriff Huxley erst, wieviel Charaua wirklich an dieser Erleichterung ihrer beiderseitigen Verständigung gelegen war.

»Wie funktioniert es?« fragte er, schon halb erweicht. »Genauso wie das Ei? Transformiert es auch deine Gedanken in die mir verständliche Sprache, oder...?«

»Nein«, sagte Charaua. »Dieser Umweg wird hinfällig. Du wirst das Gefühl haben, ein Telepath zu sein wie ich. Und auch für mich wird kein Unterschied zwischen deinen Gedankenbildern und den Gedankenbildern anderer Nogk mehr erkennbar sein. Das ist der Vorteil, den ich dir schon die ganze Zeit schmackhaft zu machen versuche.«

Huxley horchte noch einmal tief in sich hinein. Aber die zur Vorsicht mahnenden Stimmen, auf die er sich sonst verlassen konnte, schwiegen.

»In Ordnung«, sagte er. »Ich bin einverstanden. Und jetzt möchte ich wissen, ob der von den Toten Auferstandene noch mehr als nur seinen Namen zu sagen hatte. Hat er erklärt, warum er uns an den Kragen wollte, warum er völlig ausgerastet ist, als wir die Kammer betraten?«

»Das hat er«, sagte Charaua.

Obwohl auch jetzt kein wirklicher Unterschied im Tonfall auftrat, konnte Huxley förmlich spüren, daß noch etwas in der Luft lag.

»Wie hat er sich gerechtfertigt?«

»Er hat«, sagte der Nogk, »argumentiert, er habe *den Feind* gesehen, kaum daß er das Bewußtsein zurückerlangte. Und da auch er nicht ahnte, wieviel Zeit verstrichen ist, seit er in dem Totenkegel deponiert wurde, glaubte er, sich verteidigen zu müssen, um nicht selbst...«

»Es waren nur wir beide, die zu ihm wollten und...« Huxley verstummte. Dann stieß er völlig perplex hervor: »Willst du etwa andeuten, daß...?«

Charauas Fühler knickten leicht ab und schienen wie seltsame Wünschelruten in Huxleys Richtung auszuschlagen.

»Du«, bestätigte der Nogk einen gerade noch diffus in Huxley rumorenden Verdacht, der, logisch betrachtet, jeder Grundlage entbehrte. »Nach Nanghkors Aussage sah der Feind, gegen den er einst sein Leben verlor, aus wie *du*.«

»Sie sehen blaß aus«, nahm Lee Prewitt Huxley im inneren Schleusenbereich der FO-1 in Empfang. »Was haben die bloß mit Ihnen angestellt?«

Huxley machte eine abwiegelnde Handbewegung. »Nichts. Gar nichts. Sagen Sie mir lieber, ob ich wirklich zwei volle Tage weg vom Fenster war...«

Sein Erster Offizier nickte mit verkniffenem Gesicht. »Noch einen Tag länger, und ich hätte mit härteren Bandagen argumentiert! Die wollten uns einfach nicht an Sie heranlassen, Commander, obwohl unsere Medizinische Abteilung...«

»Ich weiß, danke.« Er ließ sich von seinem Stellvertreter berichten, was die Nogk ihm für eine Erklärung geliefert hatten. Es deckte sich mit dem, was Huxley von Charaua erfahren hatte.

»Was werden wir jetzt tun?« fragte Prewitt. »Die Crew ist ein wenig nervös geworden...«

»Es wird Ihre Aufgabe sein, sie wieder zu beruhigen«, übte Huxley ein verhaltenes Lächeln.

»Soll das heißen...?«

»Das soll heißen, daß ich noch eine Verabredung habe und gleich wieder weg muß. Warten Sie nicht mit dem Essen auf mich.«

»Sir!«

»Tut mir leid, Prioritäten. Es gibt da etwas, was Sie nicht wissen können – weil es kein Mensch bisher wußte.«

Prewitts Mienenspiel schwankte zwischen berechtigter Neugier und schroffer Ablehnung. Es war leicht zu erkennen, daß er Huxley nicht schon wieder auf ungewisse Zeit davonziehen lassen wollte.

Darauf konnte und wollte dieser aber keine Rücksicht nehmen.

Nanghkor wartete. Auch wenn der Nogk aus dem Reich der Toten es noch gar nicht wissen mochte – er und Huxley hatten eine Verabredung. Der Nogk aus der Vergangenheit würde erklären müssen, warum er die Terraner verleumdete. Wie er sie grausamster Morde bezichtigen konnte, obwohl sie noch kein halbes Jahrhundert in der Lage waren interstellare Entfernungen zu überbrücken.

Und Nanghkor hatte, wenn Charauas Angaben stimmten, seit mindestens zwei *Jahrtausenden* in jenem von regenerativen Kräften durchströmten Kegel geruht...

6.

Der Feind, der uralte Feind, dachte Nanghkor.

Einen Moment lang erlag er dem paralysierenden Gefühl, seine Einzelaugen, die in Facetten miteinander verkettet waren, würden von innen beschlagen, so als legte sich Dampf darauf, der sofort zu Rauhreif erstarrte.

Eiseskälte durchflutete den lebendig gemachten Toten.

Sie hätten mich nie in dieses Ding einschweißen dürfen, dachte er. *Es wäre besser gewesen, ich wäre nie mehr erwacht.*

Instinktiv hatte er auf sein immer noch funktionierendes Zweites System umgeschaltet. Vermutlich war dies seine Rettung gewesen.

Selbst das Licht war fremd. Das Licht, das durch unsichtbar geschaltete Wände in die Ratshalle strömte, in ein Gebäude, das auf einem Planeten stand, den Nanghkor nie bei Bewußtsein betreten hatte.

Inzwischen wußte er, was geschehen war. Er wußte es durch die Ausführungen eines Nogk namens Charaua, der verziehen hatte, daß Nanghkor ihn beinahe umgebracht hätte. Dies war das System Tantal, die neue Heimat der Sternnomaden, die offenbar nicht einmal ahnten, wie oft sie ihre Heimat bereits aufgegeben hatten – hatten aufgeben müssen.

Wie alt ist dieser Krieg? dachte Nanghkor, noch leicht benommen. *Wie hat er angefangen, und wie kann er immer noch andauern? Soviel Zeit ist vergangen!*

Zeit...

Er nahm tiefe Atemzüge.

Kurz flackerte etwas durch sein Gehirn, das er vorsorglich sofort in sein Zweites System kanalisierte, obwohl im nachhinein klar wurde, daß es ihn nicht verraten hätte.

Es war die Erinnerung an das Schlachtengetümmel. An die Havarie seines Fluchtschiffes. An die Kaperung durch den unerbittlichen Gegner, in dessen Feuer Nanghkor schließlich zusammengebrochen war...

Und dann?

Was war danach geschehen?

Er wußte es nicht, und die, die ihn umgaben, wußten es offenbar noch weniger. Das genaue Alter des Totenkegels, in dem Nanghkors Körper regeneriert und reanimiert worden war, kannten nicht einmal die Nogk selbst, und offenbar gab es keine Möglichkeit, es exakt zu bestimmen. Eine vage Schätzung ließ sich aus den Bordarchiven ihrer Raumschiffe ableiten.

Dort waren Daten verankert, die auch eine Zuordnung der meisten Verstorbenen erlaubten, die der Nachwelt in solcher Weise erhalten geblieben waren. Nanghkor war in keiner der Listen vermerkt, weder namentlich noch der Beschreibung nach, die ihn zu einem außergewöhnlichen Exemplar stempelte, das einer Vergangenheit entstammen mußte, in der die Nogk noch wesentlich imposanter ausgesehen hatten als heute.

Auf Nanghkor wirkten die heutigen Nogk beinahe schwächlich, aber er war nicht bereit, sich vom äußeren Schein täuschen zu lassen.

Daß sie trotz ihrer Feinde bis in die Jetztzeit überlebt hatten, bewies allein schon, daß sie nicht halb so degeneriert sein konnten, wie ihre Körper es vorspiegelten.

›Bist du bereit, dich... [unverständlich] ... Fragen zu stellen?‹ erreichten ihn die telepathischen Bilder des Ratssprechers.

Auch wenn das Symbol des terranischen Namens Nanghkor noch Schwierigkeiten bereitete, so wußte er doch auf Anhieb, von wem er Fragen zu erwarten hatte.

Es war seine eigene Schuld, die ihn in diese Lage gebracht hatte. Andererseits war es die einzige Möglichkeit gewesen, das Mißtrauen der Nogk nach seinem Amoklauf im *Born der Meegs* wieder zu zerstreuen.

›Ich bin bereit‹, gab er zurück.

Und richtete den Blick aus seinen wieder klaren, kalt starrenden Augen auf die Gestalt, die sich in diesem Moment von den Rängen des Ratssaals erhob.

Der Feind, der uralte Feind, dachte Nanghkor auf seinem Zweiten System.

O wenn ihr wüßtet. Flüchtig widmete er einen Teil seiner Aufmerksamkeit den hier versammelten Nogk. *Wenn ihr nur ahnen könntet...*

Dann bohrten sich die kryptischen Bilder des Menschen Huxley in Nanghkors Geist, und schaudernd wurde ihm bewußt, wie *umfassend* sich die Nogk verändert haben mußten, wenn sie einem völlig Fremden die gleiche Stimme einräumten wie jedem anderen Mitglied ihres elitären Rats...

Huxley lauschte in sich hinein. Er konnte zwar noch nicht absehen, welche Auswirkungen das implantierte Kommunikationsmodul tatsächlich auf sein weiteres Leben haben würde, aber daß es nicht ohne Folgen bleiben würde, schien so gut wie sicher.

Von Selbstzweifeln geplagt, hatte er vorübergehend sogar erwogen, den Eingriff, den die Nogk vor einer Stunde an ihm vorgenommen hatten, seiner Crew vorzuenthalten. Zumindest solange er sich selbst noch nicht daran gewöhnt hatte. Doch dann hatte er sich klargemacht, daß ihn jederzeit ein telepathischer Ruf erreichen konnte, und die dadurch aktivierte Aura hätte bei uneingeweihten Menschen unvorhersehbar schwerwiegende Folgen haben können..

Nein, es war besser, von Anfang an mit offenen Karten zu spielen, auch wenn Huxley klar war, daß speziell Leute wie seine rechte Hand Prewitt oder der ›Poltergeist‹ der FO-1, Chief Erkinsson, ihren Argwohn hinsichtlich einer solchen Errungenschaft kaum verhehlen würden – keinen Augenblick lang.

Der Eingriff hatte nur wenige Minuten gedauert und war bei vollem Bewußtsein erfolgt, ohne daß Huxley auch nur vagen Schmerz empfunden oder davongetragen hätte.

Seither war eines jener Module mit ihm verschmolzen, wie sie auch Charaua und die anderen Mitglieder des Rats trugen.

Angehörige niedrigerer Kasten mußten sich jedoch weiterhin mit der eiförmigen Transformer-Version begnügen, um sich mit den Terranern oder einer anderen intelligenten Spezies zu verständigen. Entweder sollte damit die hohe Stellung der Räte unterstrichen werden, oder die Herstellung der Module war so aufwendig, daß zumindest vorläufig der Kreis ihrer Nutznießer klein gehalten werden mußte.

Charaua hatte Huxley zur Ratshalle begleitet, in der sich bereits die anderen Räte eingefunden hatten. Der Platz des Sprechers erhob sich im Zentrum der Sitzränge.

Diesem Sprecher waren kommissarisch die Aufgaben übertragen worden, die normalerweise in die Verantwortlichkeit des Herrschers fielen, und sie würden ihm auch unverzüglich wieder entzogen werden, sobald sich der Rat über die Nachfolge des toten Regenten schlüssig geworden war.

Es berührte Huxley seltsam, daß er, ein Terraner, mit Einfluß auf diese Wahl nehmen würde – zumal *seine* Wahl längst feststand...

Er räusperte sich.

Einen Moment lang wirkte die Disziplin beinahe gespenstisch, mit der das halbe Tausend blaugekleideter Nogk die Ränge stumm, fast regungslos, bevölkerte.

Gleichzeitig krümmte sich Huxley innerlich unter der ungeheuren Last, die er plötzlich auf seinen Schultern zu spüren glaubte. Nichts Reales... es war einfach die Bürde eines Amtes, dessen volle Bedeutung ihm immer noch rätselhaft war.

Dann empfing er den Impuls des Sprechers, der ihm das ›Wort‹ erteilte.

Und umwabert von einer Aureole aus rötlichem Licht, deren Ausgangspunkt das Modul auf seiner Brust war, wandte sich Huxley an denjenigen Nogk, den anzuschauen er bislang unbewußt vermieden hatte – obwohl es die wohl herausragendste Erscheinung im ganzen weiten Rund war.

Ein legendenumwobener Krieger, der seinem Jahrtausendgrab entstiegen war, um... Ja, wozu?

Um Zwietracht zu säen zwischen Terranern und Nogk?

Wie auch immer, Huxley war fest entschlossen, Nanghkors verleumderische Behauptungen nicht im Raum stehen zu lassen.

Konzentriert formulierte er an die Adresse des Wesens, das der Totenkegel ausgespien hatte: ›Man sagte mir, du hättest mich beschuldigt, derselben Rasse anzugehören, gegen die du und alle Nogk vor langer, langer Zeit Krieg führten... Sicher hat man dich schon über die faktische Unmöglichkeit dieser Behauptung aufgeklärt, trotzdem bin ich nicht bereit, eine Anschuldigung von solcher Dimension einfach auf sich beruhen zu lassen. Ich verlange Aufklärung, wie es zu dieser Verwechslung kommen konnte. Ich verlange, daß du allen hier Versammelten darlegst, wie der Feind von damals wirklich aussah, woher er kam und aus welchem Grund sich die Nogk mit ihm befehdeten!‹

7.

›Ich erinnere mich nicht mehr an alles, aber ich weiß noch genau, daß wir sie die *Pest* nannten – die Pest zwischen den Sternen‹, leistete Nanghkor Huxleys Aufforderung Folge. ›Wie die Heuschrecken fielen sie mit ihren Schiffen über bewohnte Planeten her, die an unser Hoheitsgebiet grenzten, besetzten sie und woben sie ein in gespenstische Schattenfelder, die selbst für die höchstentwickelten nogkschen Ortungssysteme undurchdringlich blieben! System für System wurde auf diese Weise von ihnen annektiert, und immer näher rückten sie dem Herz unseres Volkes...‹

An dieser Stelle unterbrach Huxley Nanghkor erstmals. Er tat dies nicht, weil er sich über Worte wie ›Pest‹ oder ›Heuschrecken‹ wunderte – denn er hatte längst verstanden, daß das Translatormodul in der Lage war, Begriffe der nogkschen Sprache in adäquaten terranischen auszudrücken –, sondern weil ihm jetzt erst richtig bewußt wurde, daß das, was Nanghkor preisgab, für jedes Ratsmitglied, Charaua eingeschlossen, nur ein Wiederhören war. Nach Nanghkors Erwachen aus der Betäubung mußte er ihnen schon Informationen gegeben haben, die Vergangenheit betreffend aus der er kam. Anders wäre es auch nicht zu erklären gewesen, daß die Räte mit dieser Ruhe auf seine Ausführungen reagierten.

Huxley war alles andere als gelassen. Sein Herz schlug spürbar schneller, als er einwarf: ›Das Herz eures Volkes... Charr, die Sonne, die den Nogk vor Tantal Leben spendete, war, wie mir berichtet wurde, auch nicht eure Urheimat. Darf ich aus deinen Äußerungen schließen, daß du die Koordinaten dieser wahren Heimat in deiner Erinnerung festgehalten hast...?«

Nanghkor bewegte sich nicht auf seinem Platz. Er hatte sich nicht einmal erhoben. ›Ich wünschte, es wäre so‹, verneinte er. ›Aber dieser Sektor meiner Erinnerung ist völlig getilgt, zumindest verschüttet. Wahrscheinlich bedarf es besonderer Untersuchungen der Meegs, um darüber Gewißheit zu erlangen... Aber ich als Individuum zähle nicht, wenn es um das Wohl meines Volkes geht, deshalb werde ich meine Einwilligung zu jeder gleich wie gearteten Maßnahme geben, von der sich die Meegs eine Chance versprechen, Licht ins Dunkel des Vergessens zu bringen, das die Nogk als Gesamtheit heimgesucht hat. So sehr unterscheiden wir uns unglücklicherweise nicht, ich, das Individuum, und die Gemeinschaft, in die ich nach für mich selbst unfaßbar langer Zeit zurückkehren durfte! Nicht nur in mir gibt es Wissens- und Erinnerungslücken. Wie ich von den Räten erfuhr, reicht keine Aufzeichnung und keine verläßliche Überlieferung meines Volkes weiter als fünf Generationen zurück... Dies ist nicht nur unglaublich, es macht mich auch überaus zornig!‹

›Zornig?‹ warf Huxley ein, während er überlegte, was von Nanghkors Angebot zu halten war, sich einer Behandlung zu unterziehen, selbst wenn dies unter Umständen seine geistige Gesundheit kosten würde. ›Wieso zornig?‹

›Weil ich fürchte‹, kam die prompte Erwiderung, ›daß ein solcher *kollektiver* Gedächtnisverlust keine natürlichen Ursachen haben kann, sondern künstlich herbeigeführt worden sein muß.‹

›Die Nogk wären verrückt, wenn sie sich...‹

›Ich spreche nicht von den Nogk‹, unterbrach ihn Nanghkor schroff. ›Ich meine *den Feind*. Den uralten Unheilsbringer, der auch mich auf dem Gewissen hat!‹

Huxley war sekundenlang überwältigt von dem möglichen Szenario, das Nanghkor gerade angedacht hatte.

Auch auf den Rängen entstand nun Unruhe. Obwohl es für die meisten schon die zweite Konfrontation mit Nanghkors Ausführungen sein mochte, schien sich das Temperament der Nogk nur bis zu einem bestimmten Punkt unterdrücken zu lassen. Eine Weile flackerten erregte Gedankenbilder durch Huxleys Bewußtsein, und zwar in solcher Ballung, daß das Implantat nicht mehr in der Lage schien, sie in für Terraner verständliche Denkmuster umzuwandeln. Schließlich setzte sich doch wieder die Disziplin der Versammelten durch.

Nanghkor – und auch Huxley – konnten ihren Disput fortführen.

›Kommen wir also auf deine Behauptung zurück, dieser *uralte Feind* hätte wie die Menschen ausgesehen. Kannst du ein Bild von ihm in mein Bewußtsein projizieren? Ich möchte mich selbst von der Ähnlichkeit überzeugen.‹

Nanghkor verließ den Rang, auf dem er gesessen hatte und durchquerte die Reihen der Ratsmitglieder, bis er vor Huxley zu stehen kam. Offenbar nahm niemand Anstoß daran. Huxley erhob sich, und – was er nicht erwartet hatte – Nanghkor setzte sich sofort auf den gerade freigewordenen Platz. Nicht um Huxley zu brüskieren, zumindest hatte es nicht den Anschein, sondern um sein Gesicht auf gleiche Höhe mit dem seines terranischen Gegenübers zu bringen. Jedes der glitzernden Einzelsegmente von Nanghkors Facettenaugen spiegelte Huxley wider und splitterte ihn in entsprechend viele mikroskopisch kleine Huxleys auf.

›Lange Zeit‹, meldete sich Nanghkors Stimme in Huxleys Hirn, ›war der *Feind* ein gestaltloses Ungeheuer, was in den ersten Jahren der Auseinandersetzung zu einer ungesunden Hochstilisierung des Gegners innerhalb unseres Volkes führte. Nie wurde man des *Feindes* habhaft, weder tot noch lebendig. Gelang es – was selten genug der Fall war – in einem konzentrierten Schlag einmal ein Schiff der Schatten zu zerstören, so hatte es den Anschein, als liefe über die von Nogk angerichteten Schäden hinaus noch ein Programm an Bord der besiegten Raumer ab, das zu deren vollständiger Zersetzung führte! Es gab keine Trümmer, es gab keine im All treibenden Leichen der schrecklichen Eroberer, so daß viele schon glaubten, es entweder mit Robotschiffen zu tun zu haben – oder mit einem Feind, der tatsächlich nicht mehr als ein grausamer, gespenstischer Schatten war.‹

›Aber so kann es nicht geblieben sein‹, warf Huxley ein, ›sonst wäre deine Anschuldigung...‹

›Nein‹, bestätigte Nanghkor, ›irgendwann bekamen wir ihn dann doch zu Gesicht.‹

Und statt weitere Worte folgen zu lassen, projizierte er in Huxleys Bewußtsein ein Bild, das für den Terraner wie das kurze Aufblitzen einer eigenen Erinnerung anmutete.

Für die Dauer seines Bestehens war es von keinerlei Emotion begleitet – erst als es in die Tiefen von Huxleys Gedächtnis entglitt, fühlte er ein Staunen.

Entweder war Nanghkor der dreisteste Lügner, dem Huxley je begegnet war oder... der uralte Feind, von dem der Nogk im Kreis der Räte sprach, hatte wirklich existiert und durch eine schier unglaubliche Laune der Natur die absolut identische Gestalt wie der Mensch besessen!

»Ich kann es immer noch nicht glauben...« Ohne daß es ihm bewußt wurde, hatte Huxley laut gesprochen.

Nanghkor saß ungerührt vor ihm, und ungerührt war auch der kalte Blick seiner Augen.

Huxley war dankbar, als sich ein anderer Redner einschaltete. Es war Charaua. Er sagte über das Implantat: ›Wie ich dir schon vor Beginn dieser außerordentlichen Sitzung mitteilte, bist du vom heutigen Tag an vollberechtigtes Mitglied der Fünfhundert. Deshalb erfährst du hier auch Dinge, die kein anderer Terraner in absehbarer Zukunft erfahren wird – und du wirst zum Stillschweigen deinem eigenen Volk gegenüber verpflichtet.‹

›Ich werde nicht einmal gefragt, ob ich einwillige?‹ entgegnete Huxley unbehaglich. Er wußte nicht nur, daß ihn alle hier versammelten Nogk anstarrten, er *fühlte* ihre Blicke in diesem Moment auch wie die sengenden Strahlen Tantals auf seiner Haut. Für eine quälend lange Spanne hielt er es für undenkbar, diesem Gremium anzugehören, weder jetzt noch in Zukunft. Doch die Panik, einer solchen Verantwortung nicht gewachsen zu sein, schwand ebenso rasch wieder wie sie aufgekommen war.

›Nein‹, erklärte Charaua kategorisch. ›Dafür weißt du bereits zuviel. Laß mich also fortfahren.‹

›Wobei?‹

›Bei der Erklärung, warum wir Nanghkor *und* dir glauben können. Warum wir zwar aus eigener Erfahrung wissen, daß die Terraner nicht der Feind sein können, von dem Nanghkor spricht – wir aber dennoch verstehen, daß es zu dieser Verwechslung kommen konnte. Denn es gibt diese Schatten. Es gibt sie auch in unseren eigenen Überlieferungen – in der Geschichte der vergangenen zweitausend Jahre. Bei uns haben sie nur einen anderen Namen, der wiederum Nanghkor nicht geläufig war...‹

›Also ist es wahr!‹ entfuhr es Huxley in Erinnerung der Diskussion, die er mit Lee Prewitt, seinem Ersten Offizier, geführt hatte. ›Ihr lebt im Konflikt mit jemandem, von dem wir Terraner bislang nichts ahnten, obwohl er vielleicht auch uns...‹

›Es ist bei weitem nicht so einfach, wie du meinst‹, unterbrach Charaua. ›Die *Grakos* verschwanden schon vor tausend Jahren aus der Galaxis. Ihre letzten Überfälle, die vage denen ähnelten, von denen Nanghkor berichtete, liegen ebensolange zurück. Und aus unserer verbrieften Vergangenheit gibt es kein Ereignis, bei dem es einem Nogk gelungen wäre, einem Grako ins Antlitz zu schauen. Für uns blieben sie die Schatten. Und sie verschwanden auch wie solche. Niemand hat je wieder etwas von ihnen zu spüren bekommen. Seit tausend Jahren nicht mehr. Sie könnten mit dem Feind identisch sein, den Nanghkor schildert, aber sie müssen es nicht. Und wenn doch, muß es eine Zeit gegeben haben, da sich Grakos und Nogk entsetzliche Schlachten geliefert haben – weit schlimmere, als wir bisher ahnten. – Aber es ist *falsch*‹, fuhr Charaua nach kurzer Pause fort, ›daß wir in diesen Tagen Krieg gegen irgend jemanden führen. Wir haben andere Sorgen. Alle Manöver, die du seit unserer Ankunft im Tantal-System beobachtet hast, entspringen dem tiefverwurzelten Sicherheitsbedürfnis der Nogk. Daß es in unseren Genen verankert ist, mag jedoch mit unserer Vergangenheit und dem damaligen Überlebenskampf zu tun haben... Denn jenseits unserer Geschichtsschreibung muß es eine Zeit gegeben haben, da der von Nanghkor geschilderte Feind nicht einmal davor zurückschreckte, uns unserer Heimat zu berauben!‹

›Ich... verstehe nicht.‹

Charaua machte eine seltsame Geste zu Huxley herüber. ›Wir alle hier wünschten, wir müßten es auch nicht verstehen. Aber Nanghkor schwört, daß ihn seine Erinnerung in einem Punkt nicht trügt, nämlich darin, daß wir Nogk schon seit Urzeiten ein gejagtes Volk sind, das immer wieder die Planeten, auf denen es sich niederließ, gewechselt hat – wechseln *mußte* –, weil...‹

›Weil?‹

›... der Feind die Sonnen, um die sich diese Welten drehten, systematisch vernichtete, sie gezielt zur Nova entarten ließ...!‹

Als Huxley zur FO-1 zurückkehrte, dämmerte es bereits auf dieser Seite des Planeten. Trotzdem konnte er auf der Rückfahrt von Mantagor zum Raumschiff überall Aktivitäten beobachten, die bewiesen, daß die Aufbauarbeiten auch nachts nicht ruhten. Hin und her gerissen zwischen seinen Gefühlen, wandte er sich an Chirra, der zum persönlichen Chauffeur für den *Rat* Huxley avanciert war.

›Darf ich fragen, wie alt du bist?‹ wandte er sich an den Steuermann des Schwebefahrzeugs, dessen triste, bleigraue Uniform ihm mißfiel.

Die Antwort berührte ihn tiefer als er gedacht hätte: ›Vierhundertdreizehn deiner Jahre‹, erwiderte Chirra, als bedeutete es für ihn keinerlei Schwierigkeit, die Zeitrechnung der Nogk auf Terra-Standard zu übertragen.

Oder... übernahm auch dies das Modul, das in Huxleys Brustkorb implantiert worden war?

›Nogk werden nicht sehr viel älter...‹

›Nein‹, bestätigte Chirra, dessen Fühler sacht in einem nicht wirklich vorhandenen Luftzug innerhalb der Kabine pendelten.

›Ist es zu persönlich, wenn ich mich dafür interessiere, wie du das Älterwerden, das Altsein und den bevorstehenden Tod empfindest?‹

›Warum sollte es?‹ Äußerlich war keine Änderung in Chirras Verhalten zu beobachten. Er konzentrierte sich weiter auf die Fahrt, die der Bordcomputer ebensogut allein hätte kontrollieren können. Aber offenbar gehörte es zu den Eigenheiten der Nogk, nicht alles der Technik zu überlassen, ein Umstand, der es Huxley noch leichter machte, diese sonderbaren Geschöpfe zu mögen.

›Ich weiß so gut wie nichts über eure Religion‹, versuchte Huxley seine Unbeholfenheit in diesen Dingen zu erklären. ›Ich weiß nicht, wie ihr euch das, was nach dem Leben folgt, vorstellt...‹

›Wir haben keine diesbezüglichen Erwartungen‹, behauptete Chirra. ›Der Tod ist das Ende eines Individuums. Es lebt höchstens als Erfahrungsbestandteil in der Folgegeneration weiter. Kein Nogk glaubt an eine Wanderung seiner Seele.‹

›Aber ihr müßt auch einen Glauben haben. Ihr führt bestimmte Rituale mit euren Toten durch. Die Kegel auf euren Friedhöfen sind für mich ein Indiz...‹ Er stockte. Nicht weil Chirra ihn unterbrochen hatte, sondern weil er spürte, wie sehr die Erwähnung der Totenkegel den Nogk in Aufruhr versetzt hatte. Erst als Huxley aus eigenem Antrieb ausdauernd schwieg, schien es Chirras Respekt vor dem Terraner, der dem Rat seines Volkes angehörte, zu erlauben, seinerseits das Wort zu ergreifen.

›Es ist wahr‹, gestand Chirra ein, und seine Fühler peitschten nun vor Nervosität beinahe hin und her, ›das Erwachen Nanghkors hat in vielen von uns große Hoffnungen geweckt.‹

›Welche Hoffnung?‹

›Daß die Legende, welche eines fernen Tages die Öffnung der Kegel prophezeit, wahr ist. – Aber eine Religion im Sinne von euch Menschen ist das gewiß nicht.‹

Huxley erinnerte sich deutlich an Charauas Bemerkung, Nanghkors Erwachen beweise, daß der Tod für die Nogk nicht das Ende bedeuten müsse, sondern daß sie ihr Leben eines Tages gereift fortsetzen könnten – falls ihnen das Glück beschieden gewesen sei, in einem der Totenkegel konserviert zu werden... Und das sollte keine religiöse Denkweise sein? Skeptisch knetete er seine Hände. Eine Religion bedurfte, um zu existieren, keines Gottes, wie die Weltreligionen der Menschen ihn kannten. Nach Huxleys Empfinden reichte dafür durchaus das Vorhandensein einer *Vision*, wie auch die Nogk sie unzweifelhaft pflegten.

Die Auferstehung aus dem Tode war Glaube pur.

Er widersprach Chirra jedoch bewußt nicht. Für sich selbst hielt er nur fest, daß die Ratsführung der Nogk offenbar kein Geheimnis um Nanghkors Erwachen aus dem Kegel gemacht, sondern die Öffentlichkeit darüber informiert hatte.

Wenig später erreichte der Schweber die FO-1, und damit endete die Möglichkeit, die Unterhaltung fortzusetzen.

Huxleys Gedanken schweiften zu den Dingen, die er mit Prewitt erörtern wollte.

8.

In den nächsten drei Tagen bekam Huxley den Nogk aus dem Totenkegel nicht mehr zu Gesicht, und er selbst war zu sehr anderweitig beschäftigt, um eine solche Begegnung von sich aus zu forcieren. Ganz auf sich allein gestellt, durchforstete er von seiner Kabine aus die Datenbänke der FO-1 auf Hinweise, die möglicherweise in Verbindung mit den von Nanghkor erwähnten *Schatten* zu bringen gewesen wären.

Den Grakos...

Daß sie wie Menschen ausgesehen haben sollten, wollte er immer noch nicht akzeptieren.

Hominide intelligente Wesen mochten bei der schier unfaßbaren Zahl von Planetensystemen allein in dieser Galaxis keine Seltenheit sein – aber Nanghkor hatte darauf gedrungen und dies auch während seiner bildhaften Mitteilung an Huxley unterstrichen, daß der alte Feind der Nogk nicht nur menschenähnlich ausgesehen habe, sondern von seinem Äußeren absolut identisch gewesen sei!

»Starker Tobak...« Huxley kratzte sich am Hinterkopf und bedauerte, Lee Prewitt, seinen Ersten, nicht in die Recherchen einbeziehen zu dürfen. Aber Charauas äußerst bestimmter Hinweis, daß alles im Rat Besprochene auch nur die Ratsmitglieder angehe und keinesfalls anderen Menschen zu Gehör gebracht werden dürfte, hinderte ihn daran. Vielleicht spielte auch eine gewisse Furcht dabei mit, daß Huxley das Verbot respektierte. Er wußte tatsächlich nicht, wie weit die Nogk im Falle einer Übertretung ihrer Regeln gehen würden. Aber letztlich respektierte er die Gesetze dieser in vielem an irdische Ameisenvölker erinnernden Spezies auch aus seinem Verständnis für ihre Geheimhaltungsmotive heraus.

Ihr straff organisiertes Kastensystem nötigte ihm ohnehin alle Hochachtung ab, zumal es immer noch Raum für das Individuum ließ. Charaua, mit dem er den bislang engsten Kontakt unter den Nogk pflegte, bestätigte dies eindrucksvoll.

Huxley blickte von seinem Terminal auf, als ein akustisches Geräusch einen Besucher ankündigte.

Auf dem farbigen Display über der Kabinentür erschien das farblich etwas verfremdete und aufgerasterte Konterfei seines Ersten Offiziers.

Die Rasterung entsprang keinem Mangel an technischer Finesse, sondern signalisierte, daß es sich nicht einfach nur um ein simples Videobild des auf dem Decksflur wartenden Besuchers handelte, sondern um eine eindeutige Identifizierung desselben über das Oberflächliche hinaus. Auch seine Individualmuster waren eindeutig als die von Lee Prewitt bestätigt.

Dieser *Tester* war ein Geschenk der Nogk, das sie der Besatzung der FO-1 im Zuge ihrer sonstigen Schiffsumrüstungen gemacht hatten.

Huxley war sich anfangs nicht ganz sicher gewesen, ob eine solche Einrichtung überhaupt Sinn machte, deshalb hatte er es der Crew freigestellt, ob sie sich damit einverstanden erklärte oder nicht. Das Votum hatte ihn überrascht. Es war einstimmig für den *Tester* ausgefallen, und die Gründe waren Huxley immer noch schleierhaft.

Fürchteten seine Leute wahrhaftig, die Besatzung könnte eines Tages von Wesen unterwandert werden, die sich nur als Menschen *maskiert* hatten? Oder daß Mitmenschen sich für jemanden ausgaben, der sie in Wirklichkeit nicht waren...?

Wie auch immer, der Tester war seit geraumer Zeit fester Bestandteil des technischen Inventars der FO-1. Und selbst Chief Erkinsson hatte noch keine Veranlassung gesehen, sich darüber zu beschweren.

Huxley gab den Türöffner frei und bot dem eintretenden Prewitt nach kurzem Gruß einen Platz auf der gegenüberliegenden Seite seines Arbeitstischs an.

»Ich dachte mir, daß Sie nicht schlafen«, sagte Prewitt, worauf Huxleys Blick zum Chronometer glitt. Erstaunt zog er die Augenbrauen nach oben, denn er hatte völlig die Zeit vergessen. Inzwischen war es auf dieser Seite des Planeten, der mit rund 25 Stunden eine der Erde sehr nahekommende Rotationsdauer hatte, fast Mitternacht. An Bord der FO-1 war die Beleuchtung in den meisten Bereichen, die Zentrale und der Maschinenraum ausgenommen, auf Dämmermodus geschaltet.

Auch in Huxleys Kabine herrschte eine angenehme Helligkeit, die sich wie ein Weichzeichnereffekt auf Möbel und Menschen legte.

»Darf man fragen, womit Sie sich seit Ihrer Rückkehr von der Ratsversammlung so ausgiebig beschäftigen?«

Huxley faßte Prewitt scharf ins Auge.

Ahnte sein Erster Offizier etwas?

Prewitt hatte oft genug bewiesen, daß er eine Art sechsten Sinn für Gefahren besaß, aber hier ging es um keine aktuelle Bedrohung.

Wirklich nicht?

Huxley kniff kurz die Lippen zusammen. »Es ist ein rein privates Interesse«, log er.

»Woran? Vielleicht kann ich Ihnen helfen...«

»Danke, ich komme zurecht.« Huxley fühlte sich nicht wohl dabei, Prewitts Vertrauen in gewisser Weise zu hintergehen. Er lenkte das Thema auf das Anliegen, das er unmittelbar nach Nanghkors Ausführungen an Prewitt und die Crew herangetragen hatte. »Wie weit sind die Vorbereitungen gediehen?«

»Wenn Erkinsson und sein Team sich ranhalten, können wir in spätestens zwei Tagen starten.«

Huxley nickte, während sich sein Unbehagen vertiefte. »Haben wir schon die Startfreigabe erhalten?«

Prewitt schüttelte den Kopf. »Nein. Sehen Sie Schwierigkeiten, sie zu bekommen?«

Ich hoffe es nicht, dachte Huxley. *Es kommt darauf an, wie sehr mir der Rat wirklich vertraut und mich für integer hält...*

»Nein.«

»Was ich immer noch nicht verstehe«, sagte Prewitt nach kurzem Überlegen, »ist, warum die Nogk nicht selbst eine Expedition entsenden, um herauszufinden, ob Charr nach dem Supernova-Ausbruch zu einem Neutronenstern oder zu einem Schwarzen Loch kollabiert ist.«

»Sie haben andere Probleme.«

»Ja, zum Beispiel ihre Kriegsplanspiele fortzusetzen!« Prewitts Züge wirkten plötzlich kantiger als noch Sekunden zuvor.

»Die Manöver sind reine Vorsichtsmaßnahmen«, wiederholte Huxley, was ihm selbst dazu erklärt worden war. »Nogk haben ein extremes Sicherheitsbedürfnis.«

»Glauben Sie das selbst?«

Einen Moment war Huxley über die Schärfe von Prewitts Ton überrascht. Dann begann ihm zu dämmern, daß nicht nur Prewitt, sondern alle an Bord darunter litten, seit vielen Monaten mit keinen anderen Menschen zusammengetroffen zu sein. Die Nogk als solche mochten noch so faszinierend sein, aber sie ersetzten auf Dauer keine zwischenmenschlichen Kontakte.

»Sie sind gegen den Flug zum Charr-System?« fragte Huxley geradeheraus.

»Ich bin dagegen«, antwortete Prewitt, »die Frauen und Männer einer vermeidbaren Gefahr auszusetzen. Wenn Sie mir sagen würden, was genau Sie sich von der Charr-Mission versprechen, könnte ich die Bedeutung vielleicht eher nachvollziehen.«

Huxley seufzte. Er stand auf, umrundete den Tisch und blieb neben Prewitt stehen. Als dieser sich ebenfalls erheben wollte, zwang er ihn mit sanftem Nachdruck wieder auf seinen Sessel zurück.

Die Gratwanderung, zu der er sich als Ratsmitglied *und* Kommandant dieses Schiffes genötigt sah, machte ihn selbst wütend, zumal er die Grenzen, wie weit er gehen durfte, selbst noch nicht abgesteckt hatte.

»Ich verstehe Sie, Lee, ich verstehe Sie besser als Sie vielleicht denken. Aber ich darf Ihnen nicht alles sagen, was ich gerne möchte...«

»Sie *dürfen* nicht, Sir?« Die Augen seines Ersten weiteten sich fast erschrocken.

Huxley versuchte die eigene Äußerung nachträglich abzuschwächen. »Keine Sorge: Ich bin keine Marionette der Nogk – auch nicht durch das hier geworden...« Er tippte mit dem Zeigefinger gegen die Stelle auf seiner Brust, wo sich das Implantat unter der Uniform verbarg.

Prewitt war darüber informiert, und möglicherweise trug dies tatsächlich zu seiner Irritation bei.

»Das habe ich auch nicht behauptet, Sir!«

»Aber zu Recht vielleicht befürchtet...« Huxley schürzte die Lippen. Ein paar Herzschläge später hatte er seine Entscheidung getroffen. »Natürlich geht es bei einem Flug in die Nähe Charrs um mehr als eine rein wissenschaftliche Expedition«, räumte er Prewitt gegenüber ein, dessen Mimik unschwer erkennen ließ, wie sehr ihn Huxleys plötzliche Erklärungsbereitschaft verblüffte. »Es geht um die Klärung einer Frage, deren Brisanz mit Dingen zusammenhängt, über die ich Ihnen – über die ich auch jedem anderen Menschen – selbst beim besten Willen nichts verraten *darf*. Zumindest noch nicht.«

»Was ist das für eine Frage, Sir?«

Huxley zögerte noch einmal kurz. Seine Hand lag unverändert auf Prewitts Schulter. Schließlich gab er sich einen Ruck und sagte: »Ich möchte versuchen, mit unserer FO-1 zu klären, ob Charr aus einer normalen Ursache heraus entartete oder...«

Prewitts Blicke senkten sich erwartungsvoll in seine.

»... oder ob diese Sonne das Opfer eines Aktes extremer Feindseligkeit wurde.«

»Sie meinen...?«

»Ich schließe nicht aus, daß Charr zur Supernova *gemacht* wurde!« Huxley nickte. Sein Gesicht schimmerte grau.

Das Schlimmste war die Erkenntnis, daß er sich nach dieser Eröffnung um keinen Deut besser fühlte als zuvor.

Ganz im Gegenteil.

Nanghkor starrte ins Gesicht des Bewahrers und dachte auf seinem Zweiten System: *Ich wünschte, ich könnte dir die Wahrheit ins Gesicht brüllen! Ich wünschte, ich könnte dir deine boshaften Augen zerquetschen!*

Aber spätestens dann hätten sie begriffen und nachgeholt, was sie – ja, vor wie vielen Jahren eigentlich? – damals versäumt hatten!

Damals.

Nanghkor blickte an dem Meeg vorbei zu den Lichtern in der Decke. Zu dem schrecklichen hypnotischen Geflimmer, mit dem sie versuchten, seiner gestörten Erinnerung auf die Sprünge zu helfen.

Diese Narren!

Sie wußten nicht, wem sie diese Marter antaten – wessen Verstand sie durchleuchteten, ohne die Abschirmung zu entdecken, hinter der sein wahres Denken lauerte...

›Ja‹, heuchelte er, ›macht weiter. Versucht alles. Ich würde mein Leben geben, um Licht ins Dunkel unseres Volkes zu bringen.‹

Die Wellen aus Schmerz brandeten in immer kürzeren Abständen gegen die Klippen seines Verstandes.

Lange würde er dem Wahnsinn nicht mehr widerstehen.

Lange würde er es nicht mehr ertragen.

Aber was sollte er tun?

Es gab keinen Ausweg.

Wirklich nicht?

Nanghkor krümmte sich unter den Schatten, die aus den flackernden Polen in der Decke krochen – Schatten, die nicht das mindeste mit der Lüge zu tun hatten, die er dem Rat aufgetischt hatte.

Schatten.

Grakos.

Wenn sie das *wahre* Gesicht des von ihm beschriebenen Feindes kennen würden, diese armseligen, dummen, kleinen...

Seine Gedanken stockten. Noch bevor die nächsten Welle kam, handelte er.

Er lehnte es ab, länger zu leiden.

Vielleicht gab es einen Ausweg – einen einzigen. Sie mußten nur den Köder schlucken, den er ihnen hinwarf.

Sie mußten...

9.

Als die Einladung des Ratssprechers an Huxley erging, einer erneuten außerordentlichen Versammlung beizuwohnen, konnte er noch nicht ahnen, womit er diesmal konfrontiert werden würde. Auch Charaua, den er beim Betreten der Ratshalle traf, bereitete ihn nicht darauf vor.

Huxley hoffte jedoch im stillen, daß über sein Ersuchen abgestimmt werden würde, mit der FO-1 Kurs auf das Charr-System zu nehmen und dort Indizien zu sammeln, um vielleicht nachträglich noch feststellen zu können, ob Charr künstlich zur Entartung angeregt worden war oder es sich doch nur um ein ganz normales Entwicklungsstadium im Leben dieses Roten Riesen gehandelt hatte...

Um so verblüffter war er, als der Sprecher ihnen eröffnete: ›Es ist den Meegs gelungen, einige Erinnerungsfragmente Nanghkors aufzuspüren und freizulegen. Unter anderem vermag sich unser wiedergenesener Vorfahr nun wieder der Koordinaten zu erinnern, bei denen er seinen Tod gefunden hat – und wo sich unter Umständen auch heute noch Spuren finden ließen, die es zu verfolgen lohnt. Nanghkor jedenfalls ist zuversichtlich, daß sich dort entweder unsere Urheimat oder zumindest Hinweise auf deren Lage finden lassen könnten. Ich stelle deshalb hiermit zur Diskussion, eine Expedition auszurüsten, die die Lage vor Ort untersucht. Auch die Meegs unterstützen ein solches Vorhaben. Letztlich wurde der Vorschlag von ihnen eingebracht, denn es gilt auch, Informationen über jenen Feind zu sammeln, von dem Nanghkor berichtete. Wir können bislang weder bestätigen noch dementieren, daß er mit den grausamen Grakos identisch ist. Aber die bloße Vorstellung, wir könnten seit undenklichen Zeiten von einem Gegner verfolgt und immer wieder der Welten beraubt worden sein, auf denen wir uns niederließen, verlangt eine Klärung. – In diesem Zusammenhang sollten wir auch über das Anliegen Huxleys abstimmen, ob die FO-1 zum Charr-System zurückkehren und dort nach Hinweisen für eine Manipulation fahnden soll. Möglicherweise wäre es geraten, nicht oder nicht nur das Terra-Schiff dorthin zu entsenden, sondern eigene Wissenschaftler auf den Weg zu schicken...‹

Huxley straffte sich. Daß Nanghkor sich trotz sonstiger erheblicher Lücken plötzlich wieder an komplizierte Zahlenkolonnen erinnerte, wie sie nötig waren, um kosmische Standorte zu definieren, verwunderte ihn sehr. Aber in Anbetracht der Tatsache, daß die Meegs ihre Finger bei der Rekonstruktion von Nanghkors Erinnerung im Spiel hatten, milderte sich sein Mißtrauen fast im selben Atemzug wieder. Mit den meisten Räten sprach er sich für den Antrag aus, eine Expedition zu entsenden. Die Entfernung der Zielkoordinaten vom Tantal-System betrug etwas mehr als 28 000 Lichtjahre.

Auch der Antrag, den Huxley selbst eingebracht hatte, die Recherchen im Gebiet Charr betreffend, wurde positiv beschieden. Allerdings erst, als festgelegt worden war, daß Meegs den Flug an Bord der FO-1 mitmachen sollten.

Huxley sah darin keine Bedingung, die ein Problem beinhaltet hätte.

Zufrieden, daß endlich Bewegung in die Dinge kam, mit denen er sich seit der letzten Versammlung beschäftigte, verließ er später Seite an Seite mit Charaua die Ratshalle.

›Ich habe‹, teilte er dem Nogk mit, ›alle an Bord meines Schiffes gespeicherten Daten durchkämmt, um irgendwelche Hinweise zu finden, die in Zusammenhang mit diesen Schatten oder Grakos stehen könnten. Vergeblich. Fehlanzeige in jeder Hinsicht! Meinst du, ich könnte um Einblick in *eure* Aufzeichnungen ersuchen?‹

›Warum nicht? Aber ich kann dir schon jetzt sagen, daß sie, was die Grakos angeht, kaum wesentlich üppigere Informationen bereithalten. Die Grakos waren eine Pest, daran gibt es kaum einen Zweifel, aber wir wissen nicht einmal, wie sie aussahen, nur daß ihre Schiffe wie Schatten daherkamen und unglaubliche Greuel verübten...‹

Huxley versuchte, sich seine Enttäuschung nicht anmerken zu lassen.

›Ich verstehe deinen Wunsch, die Terraner gegen Nanghkors Vorwürfe in Schutz zu nehmen und zu rehabilitieren‹, fuhr Charaua nach einer Weile fort. ›Aber glaube mir, daß das nicht nötig ist. Die Nogk dieser Generation konnten sich längst von der Historie der Menschen ein Bild machen. Ihr könnt die Grakos nicht gewesen sein, selbst wenn ihr irgendwann einmal einen krassen Niedergang erfahren und – wie wir – eure eigenen Wurzeln vergessen hättet. Sei unbesorgt...‹

Mit diesen Worten trennten sich ihre Wege.

Aber nicht für lange, und als sie einander das nächste Mal begegneten, war dieses Treffen von Charaua angeregt worden. Er hatte wichtige Neuigkeiten für ›Huxley-Freund‹. Und ein Angebot, das dem Terraner schier den Atem verschlug.

»Heilige Galaxie, was wird denn hier ausgebrütet...?«

Huxley war von Charaua gebeten worden, ihn auf einem Shuttle-Flug zum ersten Planeten des Tantal-Systems zu begleiten. Dort unter der teilweise glutflüssigen Oberfläche von Nogk I war die erste Werftanlage fertiggestellt worden. Aber nicht die in tausend Meter Tiefe gelegene, kilometerweite Halle hatte den Kommandanten der FO-1 zu seinem verblüfften Ausruf veranlaßt, sondern das halbe Dutzend nur etwa hundert Meter langer, elliptischer Objekte, das dort vor ihnen zwischen Antigrav-Gerüsten schwebte und an dem – so hatte es den Anschein – nur noch kosmetische Arbeiten verrichtet wurden.

Die sechs Fahrzeuge waren fertig. Fahrzeuge, wie sie Huxley bei den eierlegenden Reptilinsekten nie unter die Augen gekommen waren – und wie er sie auch nicht bei ihnen erwartet hätte!

›Was bedeutet das?‹ drängte er noch einmal, diesmal nur auf mentaler Ebene. ›Neuartige Raumschiffe? Aber warum? Offengestanden verstehe ich eure Beweggründe für die Abkehr von der Eiform nicht. Schon das Implantat, das ich zur erleichterten Kommunikation mit euch erhielt, weist ja die Form einer Ellipse auf, aber daß...‹

›Und ich verstehe deine Verwunderung nicht‹, gab Charaua zurück, ebenso wie Huxley für die Dauer des Gedankenaustauschs von langsam pulsierendem, rötlichem Licht umflossen. ›Warum sollten wir uns selbst Beschränkungen auferlegen? Wozu sollte Monotonie gut sein? Auch die Pyramide nimmt in unserer Kultur seit jeher eine bedeutsame Rolle ein. Nun wird die Ellipse hinzukommen. – Ich hätte nicht gedacht, daß Menschen so unflexibel sind...‹

Nachträglich fühlte sich Huxley beinahe beschämt. Um

seine Verlegenheit zu überspielen, bat er Charaua, ihm mehr über diesen neuen Typus zu erzählen. ›Wann habt ihr mit dem Bau begonnen? Doch nicht erst seit dem Umzug ins Tantal-System?‹

›Nein. Die Meegs hatten schon in unserer Heimat im Charr-System mit den ersten Konstruktionsschritten begonnen und selbst auf dem langen Weg hierher nie aufgehört, die Entwicklung voranzutreiben. Du siehst hier die ersten sechs Prototypen intergalaktischer Raumer – verkleinerte Testschiffe. Die späteren Raumer werden etwa um den Faktor 10 größer sein. Aber die zum Einsatz kommende Technologie wird sich nicht unterscheiden. Hast du Interesse an einer Führung durch eines der Schiffe. Ich dachte an die TALLOON...‹

›Ihr habt sogar schon Namen verliehen?‹

›Natürlich.‹

TALLOON bedeutet ›Welt der Ahnen‹, sinnierte Huxley. An Charaua gewandt, meinte er: ›Wie könnte ich nicht interessiert sein, eine solche Neuentwicklung vorgeführt und erklärt zu bekommen. Allerdings werde ich den Verdacht nicht los, daß diese Schiffe nicht der wahre, zumindest nicht der einzige Grund unseres Ausflugs sind...«

›Du hast recht‹, gab Charaua ohne Umschweife zu.

Huxley blickte ihn abwartend an.

›Es könnte sein‹, teilte der Nogk mit der Narbe mit, ›daß wir zu den Auserwählten gehören, die mit einem dieser Prototypen, voraussichtlich der TALLOON, zu einem Testflug starten dürfen...‹

Das hatte Huxley nicht erwartet.

›Wir?‹ fragte er, mehr aus einem Reflex heraus.

›Nanghkor, du und ich‹, erklärte Charaua.

Huxley mußte die Neuigkeit erst einmal verdauen, daß Nanghkor behauptete, sich plötzlich wieder jener kosmischen Koordinaten zu erinnern, an denen er dereinst gewaltsam zu Tode gekommen war. Mindestens ebenso erstaunlich fand Huxley, daß die Meegs, in deren Obhut sich der Rekonvaleszent befand, weil man im *Born* die fehlende Erinnerung zu rekonstruieren versuchte, angeregt hatten, diesen von Nanghkor genannten Ort anzufliegen, um Untersuchungen anzustellen. Offenbar schloß man nicht aus, dort noch immer Hinweise, *Spuren*, zu finden, die eventuell Aufschlüsse über die Lage der legendären Urheimat der Nogk geben konnten...

Dieser Geist aus der Vergangenheit, dachte Huxley, *wikkelt euch ganz schön um den Finger!*

Offenbar empfing Charaua den von Huxley absichtlich ›verdeckt‹ gehaltenen Gedanken nicht. Zumindest ließ er jegliche Reaktion darauf missen, so daß Huxley es als Bestätigung der von Charaua angepriesenen Vorteile des Implantats nahm: Die Nogk lasen nicht seine geheimsten Gedanken – genauso wenig, wie er es umgekehrt bei ihnen vermochte!

Irgendwie war dies eine tröstliche Vorstellung.

Von einer durchaus angenehmen Spannung erfüllt, folgte Huxley Charaua durch die TALLOON. Der Nogk bemühte sich, keine Erklärung auszulassen, und antwortete auch bereitwillig auf die von Huxley gestellten Zwischenfragen.

›Worauf bezieht sich der Begriff *intergalaktisch*, den du im Zusammenhang mit diesen Ellipsenraumern gebraucht hast?‹

›Unser Fernziel ist tatsächlich, Raumschiffe zu entwikkeln, die für Reisen von Galaxis zu Galaxis geeignet sind. Du kannst dir denken, daß sich unsere Historiker und Regenten bereits lange vor Nanghkors Erwachen und den damit verbundenen Aspekten Gedanken über unsere Herkunft machten. Es gibt viele Stimmen, die ihrer Überzeugung Ausdruck verleihen, die Nogk seien vor undenklicher Zeit aus einem anderen Milchstraßensystem in diesen Sektor des Universums gelangt – also nicht einfach nur aus einem anderen Sonnensystem.‹

›Aber ihr besitzt keinerlei Beweise dafür. Ihr investiert ungeheure Anstrengungen in ein völlig diffuses Ziel?‹

Charauas Antwort war ebenso einfach wie vielsagend: ›Ja.‹

Die TALLOON hatte eine Länge von hundert Metern. Die Zentrale befand sich im Bugbereich, der Antrieb im Heck. Innerhalb der Verbindungskorridore erfolgte die Fortbewegung über spezielle Gleitbänder, die das normale Schrittempo erhöhten. Zum Wechsel innerhalb der vier Deckebenen standen Expreßlifte zur Verfügung, die nach einem ähnlichen Muster wie terranische Paternoster funktionierten. Auf Antigrav-Aufzüge war, wie Charaua erklärte, ihrer Anfälligkeit in Krisensituationen wegen bewußt verzichtet worden. Dafür hatte man das Transitionstriebwerk auf den neuesten Entwicklungsstand gehoben. Anders als herkömmliche Sprungraumschiffe waren die Ellipsenraumer nicht mehr darauf angewiesen, zunächst mittels konventionellem Triebwerk auf Beinahe-Lichtgeschwindigkeit zu beschleunigen, um in den Hyperraum eindringen zu können. Die TALLOON schaffte dies quasi aus dem Stand.

Um eine Transition herbeizuführen, hüllten Hochleistungsgeneratoren die Schiffszelle in eine sogenannte

Antisphäre, deren Polarität sich völlig vom physikalischen Haushalt des Universums unterschied. Der Ellipsenraumer wurde förmlich in ein übergeordnetes Kontinuum katapultiert. Danach sorgte eine erneute Änderung der Polarität für den Rücksturz in den Normalkosmos. Da schon bei dem üblichen Transitionsverfahren immenser mathematischer Aufwand vonnöten war, um *gezielt* zu rematerialisieren, konnte sich Huxley vorstellen, welche Rechnerkapazitäten diese Methode verschlang.

Neben diesem Clou hatte die ebenfalls rechnergesteuerte Bewaffnung der Ellipsenraumer zwar nichts grundlegend Neues zu bieten, dafür waren die Werferbatterien der Energienetze, die gegnerische Schutzschirme zum Zusammenbruch bringen und die Schiffshüllen zersetzen konnten, in ihrer Leistungsstärke noch einmal beträchtlich optimiert worden. Auch die Defensivschilde hielten schwerstem energetischem Beschuß stand.

Bestandteil des Hauptcomputers war ein Gedächtnismodul, das am ehesten mit einem Flugschreiber verglichen werden konnte. Dieses Modul zeichnete alle Reiserouten, jedes Gespräch und jeden technischen Vorgang an Bord vom Tag der ersten Inbetriebnahme an auf.

›Und hier‹, erläuterte Charaua beim Betreten eines domartigen Raumes in der Mittelsektion der TALLOON, ›siehst du eine nogkspezifische Einrichtung...‹ Er zeigte mit ausgestrecktem Arm zu der unter der Decke schwebenden Miniatursonne, deren warmes Licht das gesamte Gewölbe flutete. ›Das Spektrum der hier freigesetzten Strahlung entspricht unserem Idealwert und – keine Sorge, Huxley-Freund – ist auch für Menschen nicht gesundheitsschädlich, falls du dich ihr nicht tagelang ununterbrochen aussetzt...‹

›Danke‹, erwiderte Huxley, ohne eine Miene zu verziehen. ›Ich bin mit meinem Teint zufrieden.‹

›Der Bordrechner überwacht über spezielle Sensoren permanent den Gesundheitszustand der gesamten Besatzung – er wurde auch auf terranische Parameter justiert‹, führte Charaua ungerührt weiter aus.

›Wie groß muß die Crew sein, die ein solches Schiff fliegt?‹

›Theoretisch schafft die künstliche Intelligenz des Computers das ganz allein.‹

Huxley schüttelte den Kopf. Alles, was Leben zu ersetzen vermochte, mißfiel ihm. Und noch mehr Unbehagen bereitete ihm Charauas fast beiläufiger Hinweis: ›Die Selbstzerstörungseinheit der Ellipsenraumer folgt im Katastrophenfall Wahrscheinlichkeitsabwägungen.‹

›Was heißt das nun schon wieder?‹

›Daß die aus Nogk bestehende Schiffsführung kein Mitspracherecht in der Frage erhält, ob eine Weiterexistenz des Schiffes sinnvoll ist oder nicht.‹

›Das ist Wahnsinn!‹

›Es ist ein Risiko für die Besatzung – aber notwendig, um unersetzliche Technologie nicht in Feindeshände gelangen zu lassen.‹

Huxley konnte nur noch den Kopf schütteln. Um sich abzulenken, fragte er: ›Und nach welchem Prinzip arbeiten die Energieerzeuger, die den Saft selbst für makaberste Details liefern?‹

›Auf der Basis komplexer Gravitations- und Feldstrukturen.‹

›Etwas deutlicher kannst du schon werden...‹

›Dafür wird noch Zeit genug sein, sobald wir unterwegs sind.‹

›Das klingt, als stünde längst nicht nur fest, daß wir aufbrechen – sondern auch wann das geschieht...‹

Charaua versuchte sich in menschlicher Gestik und nickte ein wenig hölzern mit dem Kopf. Seine Fühler schwangen dabei sacht hin und her. ›Meegs und Rat warten nur noch auf deine Einwilligung. Die TALLOON wird am selben Tag starten wie die FO-1 – nur mit einem völlig anderen Ziel. Wenn du willst, wirst du dabei sein, wenn Nanghkor und ich auf Spurensuche gehen.‹

›Du denkst wirklich, man könnte sich auf Nanghkors Angaben verlassen?‹

›Auch das läßt sich am ehesten herausfinden, wenn wir der Spur nachgehen, die er uns gezeichnet hat...‹

10.

Tage später stürzte die TALLOON aus dem Nichts...
... in ein anderes Nichts.

Huxley wußte nicht sicher, ob der hundert Meter lange Prototyp eines Ellipsenraumers nun gerade die vierte oder bereits die fünfte Transition hinter sich gebracht hatte. Seine Konzentration galt nur zu einem kleinen Teil ihrer Reise, die immer wieder von Zwischenstopps im Normalraum unterbrochen wurde.

In erster Linie beschäftigten sich Huxleys Gedanken mit dem dritten Mitglied der Besatzung – mit Nanghkor.

Daß der von den Toten zurückgekehrte Nogk ihm immer noch suspekt war, lag zum einen natürlich daran, daß Nanghkor versucht hatte, ihn umzubringen (eine solche Erfahrung war naturgemäß ein denkbar schlechter Nährboden für Vertrauen), zum anderen aber war ihm Nanghkor schlicht und ergreifend nicht ganz geheuer. Das hatte nichts – *oder*, revidierte sich Huxley im stillen, *jedenfalls fast nichts* – mit dem auffälligen Äußeren des anderen zu tun. Seine Kontakte zu den Nogk hatten ihn gelehrt, sich von Äußerlichkeiten nicht allzu sehr beeinflussen zu lassen. Nanghkor verhielt sich jedoch auf eine Weise vorsichtig, die Huxley nicht allein der Tatsache zuschreiben wollte, daß der Nogk sich in dieser Zeit und Umgebung fremd fühlen mußte. Ihm kam es vor, als wüßte Nanghkor sehr viel mehr, als er ihnen gegenüber eingestand.

Nanghkor beobachtete Huxley auf die gleiche, vermeintlich unauffällige Weise wie Huxley es seinerseits bei ihm tat. Ein wenig erinnerte ihr beiderseitiges Verhalten an Raubtiere, die einander umschlichen, um Stärken und Schwächen des anderen zu erkunden.

Huxley versuchte, seine Skepsis abzumildern, aber es gelang ihm nicht. Vielleicht meinte er auch, Nanghkor gegenüber doppelt wachsam sein zu müssen, weil Charaua dem Erwachten völlig frei von allen Zweifeln begegnete. Im Verhalten des Nogk lag beinahe etwas Ehrfürchtiges, als sähe er in Nanghkor einen heimgekehrten Helden – oder mehr noch: eine Persönlichkeit mit messianischen Qualitäten.

Als Huxley sich vorstellte, daß die Auferstehung Nanghkors für die Nogk in ihrer Bedeutung der Geburt Jesu auf Terra nahekommen könnte, umspielte seine Lippen ein hartes Lächeln.

Nein, dachte er, *ganz so ist es hoffentlich nicht.*

Das Bordgehirn der TALLOON bereitete die nächste Transition vor, als Huxley wie zufällig an Charauas Seite trat und ihm zusah, wie der Nogk einen Fernscann des beabsichtigten Eintauchpunkts vornahm. Aus der nachgerüsteten FO-1 war Huxley die nogksche Technik inzwischen vertraut genug, um die eintreffenden Daten richtig zu interpretieren.

Keine Auffälligkeit, stellte er fest, nichts, kein Grund zur Beunruhigung. *Zumindest nicht da draußen*, fügte eine tonlose Stimme zwischen seinen Gedanken hinzu.

Unwillkürlich wandte er den Blick in den hinteren Teil der Zentrale, wo sich Nanghkor aufhielt, als ginge ihn die Problematik der leidigen Reise selbst nicht das geringste an.

›Was mag uns bei den Zielkoordinaten erwarten?‹ wandte sich Huxley an Charaua.

›Ich weiß es wirklich nicht‹, erhielt er zur Antwort. ›Aber was immer es ist – es könnte für unser Volk von einer Bedeutung sein, die du dir kaum vorstellen kannst.‹

›Er gibt vor, sich selbst nur vage an die Geschehnisse von damals zu erinnern‹, sagte Huxley. Es störte ihn nicht, daß auch Nanghkor diese Äußerung empfing.

Charaua schwieg. Stunden später leitete er die letzte Sprungetappe ein, die sie noch von ihrem Ziel trennte.

Auch diese Transition erfolgte aus dem Stand. Für Huxley ein gewöhnungsbedürftiges Gefühl. Er war es einfach gewohnt, daß ein Schiff fast bis auf Lichtgeschwindigkeit beschleunigen mußte, ehe es in den Hyperraum eintreten konnte. Diese neuartigen Ellipsenschiffe der Nogk waren darauf nicht mehr angewiesen. Ihre Art der höherdimensionalen Fortbewegung kam beinahe einer Teleportation gleich.

Die TALLOON tauchte in das übergeordnete Kontinuum ein und stürzte einen kaum meßbaren Moment später wieder ins normale Weltall zurück. Fast tausend Lichtjahre lagen zwischen den Koordinaten der Ent- und der Rematerialisation.

»Großer Gott...«, entfuhr es Huxley beim Blick auf das, was die Allsichtsphäre und die hineingeschalteten Scannerdaten enthüllten.

›Was mag hier passiert sein?‹ flüsterte Huxley nach einer Weile.

Nicht nur er starrte wie in Trance und von einem namenlosen Entsetzen gelähmt auf den Raumschiffriedhof, den die Instrumente der TALLOON näher heranholten.

Huxley wußte, daß es unmöglich war. Und doch konnte er nicht leugnen, daß er den Tod spürte, roch und schmeckte. Den Tod, der dort draußen einst unzählige Male zugeschlagen haben mußte und sich nun weigerte, das Schlachtfeld, auf dem er so reiche Beute gefunden hatte, gänzlich zu verlassen...

Noch gab es keine Anhaltspunkte, die eine Schätzung gestatteten, vor wie vielen Jahren (*Jahrtausenden!* schrie es in Huxley) jener Krieg getobt hatte, der seine Spuren selbst im Heute hinterlassen hatte.

Allenfalls die Bauart der Schiffswracks konnte Aufschlüsse geben, aber auch nicht so rasch, wie Huxley es sich gewünscht hätte. Dafür war der Grad der Zerstörung zu hoch. Die Schiffe dort, und es mußten Hunderte gewesen sein, waren buchstäblich in Stücke gerissen worden.

Pockennarbig sahen die unförmigen Überreste aus, die in der Schwärze hingen wie die Teile eines bizarren Mobiles.

Kampfstrahlen hatten dunkle Wunden ins Metall gepflügt, und wer immer sie abgefeuert hatte, er hatte die Schiffszellen wie ein wahnsinniger Chirurg zerlegt!

Huxley schloß aufstöhnend die Augen, als seine Phantasie jene längst vergangene Schlacht mit entsetzlicher Detailverliebtheit rekonstruierte. Tatsächlich sah er das Aufgrellen explodierender Schiffe noch *hinter* seinen Lidern, und hörte er den Lärm eines Krieges, der vielleicht nur Minuten gewährt hatte. Die Kampfkraft eines Gegners, der solche Verwüstung hinterließ, mußte alle bisher bekannten Maßstäbe übersteigen.

Der schlimmste Aspekt seiner Vision jedoch war etwas, was Huxley weder sah noch hörte: das Sterben der Besatzungen. Abertausende Leben mußten ausgelöscht worden sein, und ihr gemeinsamer Todesschrei mußte das All in seinen Grundfesten erschüttert haben...

Ein kalter Hauch streifte Huxley, und trotz seiner geschlossenen Augen wußte er, was dieser Hauch zu bedeuten hatte: Nanghkor gesellte sich zu ihnen.

Und der fremde Nogk brachte etwas mit, was ihn wie Permafrost umhüllte: Er war Bestandteil des Grauens, des entsetzlichen Massakers, das sich hier zugetragen hatte!

Synchron wandten sich Huxley und Charaua ihm zu. Nanghkor blieb in ihrer Nähe stehen. Sein Schädel bewegte sich ruckartig. Dabei verzerrten sich Nanghkors Züge, als würde sich etwas in sie hineinfressen – mit solcher Gewalt, daß Huxley meinte, es müßte diese Physiognomie sprengen.

Eine Bewegung zu seiner anderen Seite lenkte ihn ab, und er war fast dankbar dafür. Die Lähmung, die ihn ergriffen hatte, fiel von ihm ab.

Charauas Finger glitten über die Bedienungsfelder der Rechnerkonsole. Leuchtende Rechtecke legten sich um einzelne Ausschnitte der Allsichtsphäre und zoomten sie näher, bis sie die Sektionen ausfüllten. Dann vernetzte Charaua die Vergrößerungen mit dem Bordarchiv, um Vergleiche zwischen sämtlichen dort gespeicherten Schiffstypen und den Rekonstruktionen der Trümmer anzustellen.

Auch Huxleys Blick hing wie gebannt an einem hochvergrößerten Wrackteil, das seiner ursprünglichen Form unschwer zuzuordnen war. Es sah aus wie eine zerfetzte, eiförmige Schale.

»Ein Schiff der Nogk?«

Er erwartete nicht wirklich eine Antwort.

›Unsere Datenbänke können den Schiffstyp nicht klassifizieren‹, äußerte Charaua in diesem Moment. ›Aber es ist ziemlich sicher, daß Nogk dieses Schiff einst erbauten...‹

Unvermittelt wandte sich Huxley an Nanghkor: ›Was ist? Hast du uns nicht etwas mehr dazu zu sagen?‹

Entweder erschrak Nanghkor nicht, oder er verstand es, seine Überraschung zu verbergen. Er antwortete nicht, sondern erwiderte nur den Blick des Terraners. Stumm und mit glitzernden Facettenaugen. Das, was ihm von Naghkor entgegenschlug, raubte Huxley für einen flüchtigen Moment den Atem

›Laß ihn in Ruhe‹, mischte sich Charaua ein. ›Siehst du nicht, wie tief ihn dieser Anblick berührt?‹

›Doch. Und genau deshalb will ich, daß er uns mehr dazu erläutert!‹ Huxley wahrte mühsam seine Beherrschung.

Charaua ging nicht darauf ein, sondern aktivierte eine computergenerierte dreidimensionale Darstellung des Systems, in dem sie angekommen waren.

Ein System mit einer Sonne, aber keinem einzigen Planeten!

Nur Schwärme von Asteroiden waren auszumachen.

Die Zahl der Wrackteile schien noch um einiges größer, als bisher angenommen. Wie im Flug erstarrte Insektenschwärme schwebten sie zwischen Gesteins- und Eisbrokken unterschiedlicher Größe.

›Wie groß ist unsere Entfernung zu diesem Asteroiden?‹ fragte Huxley, als ihm ein besonders imposanter Vertreter dieser Gattung auffiel.

Charaua erhielt keine Gelegenheit, ihm zu antworten.

Die Allsichtsphäre flammte auf, als würde in diesem

Moment jenseits der Schiffshülle eine Sonne explodieren – und die Gewalt dieser Explosion mußte die TALLOON zerreißen...!

›Wir werden beschossen!‹

Charaua machte diese Mitteilung, während seine Finger bereits über die Bedienungsfelder der Konsole huschten.

Huxley kam ächzend wieder auf die Beine, nachdem ihn die Erschütterung der Schilde von den Füßen gerissen hatte.

›Wer greift uns an?‹ fragte er.

›Keine Schäden‹, informierte ihn Charaua statt einer Antwort. ›Schildstabilität knapp unter Normstärke. Zweige Antriebsenergie ab...‹ Ein kleinerer Bildschirm seines Pults zeigte eine stilisierte Darstellung des Ellipsenraumers, umgeben von einem leuchtenden Kokon, dessen Helligkeitsschwankungen kurz darauf aufhörten.

›Nächster Angriff...‹

Weiter kam Charaua nicht. Wieder wankten er, Huxley und Nanghkor unter einem Treffer, der den Raumer durchschüttelte.

Ein Chaos aus Lärm, Licht und Schatten brach in der Zentrale aus. Anzeigen verrieten, in welchen Sektoren es zu Ausfällen gekommen war.

›Schilde bei fünfzig Prozent‹, rief Huxley, während er sich an seiner Konsole festhielt, um nicht noch einmal zu stürzen.

Ein unförmiger Klotz füllte die Bugseite der Allsichtsphäre fast vollständig aus. Der Bordrechner korrigierte die Darstellung und stellte die optimale künstliche Distanz zwischen dem Schiff und dem Objekt her.

›Einer der Asteroiden‹, bemerkte Huxley überflüssigerweise.

›Und ein ganz besonderer...!‹ ergänzte Charaua.

Im nächsten Augenblick erfuhr Huxley auch schon, worauf der Nogk anspielte, denn von der Oberfläche des kilometerlangen Felsens, der dem geschwärzten Abbruch eines kalbenden Gletschers glich, lösten sich glühende Speere!

Die TALLOON erbebte unter den neuerlichen Strahltreffern wie unter den Blitzen eines antiken Gottes. Der Geruch von verschmortem Kunststoff und schmelzendem Metall waberte durch die Kommandozentrale.

Huxleys Blick huschte über die Anzeigen. Der kritische Punkt war in nahezu sämtlichen Bereichen erreicht. Noch ein paar Treffer dieser Stärke und –

›Warum zögerst du mit einer Nottransition?‹ wandte sich Huxley an Charaua.

›Die Automatik blockiert meine Versuche. Ich habe schon alles probiert...‹

›Blockiert...?‹ echote Huxley.

Der Asteroid schien in seiner Darstellungsgröße wieder angeschwollen zu sein. ›Was nimmt uns überhaupt unter Feuer? Ein Schiff, das sich auf dem Brocken versteckt gehalten hat?‹

Charaua zoomte den entsprechenden Ausschnitt größer.

Ein unförmiges Etwas wuchs wie ein Geschwür auf sie zu. ›Eine Festung, eine Basis... etwas in dieser Art‹, erklärte Charaua.

Huxley nickte.

Charaua eröffnete ihm und Nanghkor: ›Ich denke, wir haben genug eingesteckt, ab jetzt schlagen wir zurück!‹ Nach einer Pause fügte er ein einziges Wort hinzu, als würde es genügen, um seinen Begleitern zu erklären, was genau er zu unternehmen beabsichtigte: ›Netzwerfer!‹

Huxley wußte nichts Genaues über die Schlagkraft dieser weiterentwickelten Waffe. Und bevor er nähere Auskünfte darüber einholen konnte, meldete sich Charaua auch schon wieder, und von dessen Zuversicht war nichts mehr zu spüren: ›Netzwerfer nicht einsetzbar – die Logistik scheint völlig zusammengebrochen!‹

Tücken eines Prototyps?

Über dem Asteroiden leuchtete es erneut auf, gleißender, gewaltiger als zuvor. Der Weltraum um das Schiff schien sich aufzulösen. Huxley meinte, den Raumer selbst aufbrüllen zu hören. Dennoch hielt die Schiffshülle an den entscheidenden Punkten weiterhin.

Zumindest im Augenblick noch...

›Schilde fast bei Null‹, las Huxley die Anzeigen ab. ›Den nächsten Treffer überstehen wir nicht!‹

›Das Schiff wird ihn nicht überstehen‹, verbesserte der Nogk. ›Aber wir haben immer noch eine Chance...‹

Stumm richtete Charaua seine Facettenaugen auf den Asteroiden. Huxley erriet die Gedanken des anderen, obwohl sie ihn nicht als Impulse erreichten.

›Bist du jetzt völlig übergeschnappt?‹

›Glaubst du an deinen Gott?‹ stellte Charaua die Gegenfrage.

›Manchmal.‹

›Dann bete zu ihm‹, riet Charaua. ›Und frag ihn, ob er seine rettende Hand ausnahmsweise auch auf zwei Nogk ausdehnen kann...‹

Mit diesen Worten stellte Charaua die Steuerung auf manuell um. Aber diese Maßnahme schien viel zu spät zu kommen...

Huxleys Gesicht glänzte schweißnaß. Seine Augen brannten. Trotzdem verfolgte er Charauas Bemühen, jedes Quentchen verfügbarer Energie aus den Bordsystemen in den Antrieb umzuleiten.

Dann setzte sich der Bordrechner über diese Maßnahme hinweg und kehrte diesen Vorgang ins Gegenteil um. Ohne sich bei Charaua rückzuversichern, leitete er einen Teil der Antriebsenergie zurück in die Schilde.

Offenbar besaß er den besseren Überblick, denn im nächsten Augenblick bäumte sich der Raumer unter neuerlichen Treffern auf.

Trotzdem ließ Charaua nichts unversucht, die Kontrolle über das Schiff zurückzugewinnen.

Erfolglos.

Der Raumer trudelte angeschlagen durch das All und befand sich nach wie vor im Feuerbereich der Asteroiden-Station.

Huxley machte dort draußen eine nicht näher definierbare Bewegung aus, und fast gleichzeitig ging ein Ruck durch die TALLOON, aber nicht hervorgerufen durch weitere Treffer, sondern...

Offenbar gehorchte der Raumer Charaua plötzlich wieder. Zumindest für kurze Zeit konnte der Nogk die Flugrichtung beeinflussen.

Das marmorierte Grau der Asteroidenoberfläche rückte näher, die felsige Struktur wurde klarer sichtbar, bis die TALLOON wieder in blendende Helligkeit getaucht und erschüttert wurde, schwächer als die Male davor. Ein Großteil der Kampfstrahlen war am Schiff vorbeigegangen, dennoch war das Heck getroffen...

»Verdammt!« Huxley blickte auf die erloschenen Anzeigen der Steuerkonsole.

Charaua lehnte sich zurück. Seine Resignation strömte über das Kom-Implantat spürbar zu Huxley herüber.

Nanghkors Gegenwart geriet bei Mensch und Nogk, die gemeinsam vor der Steuerkonsole saßen, in Vergessenheit. Der Raumer fiel dem Asteroiden nun völlig manövrierunfähig entgegen. Huxleys Gedanken zerstoben beinahe, während er die Instrumente des Ellipsenraumers überflog. Nur noch ganz wenige signalisierten überhaupt ihre Funktionsfähigkeit.

›Die Schilde‹, wandte er sich an Charaua. ›Damit muß sich doch etwas bewerkstelligen lassen! Wir müssen alle verfügbaren Energien in die Schilde leiten!‹

Charaua stellte keine überflüssigen Fragen. Er hatte verstanden und setzte Huxleys Idee in die Tat um.

Der schützende Kokon leuchtete plötzlich unregelmäßiger um das Schiff herum, und an Backbord baute sich ein starkes Leuchten auf...

»Wir schaffen uns ein schützendes Polster«, murmelte Huxley. »Vielleicht kann die konzentrierte Schildenergie unseren Absturz noch soweit mildern, daß...«

Da war es auch schon soweit: Die narbige Oberfläche des Asteroiden traf sie wie eine ausgestreckte Faust, gegen die sie mit einem Irrsinnstempo anrannten!

Und eine Schwärze, hundertfach dunkler und gefräßiger als die des Alls, verschlang die Insassen der TALLOON...

Ich lebe...

Mit diesem Gedanken kehrte Frederik Huxley aus der Finsternis zurück. Aber diese Rückkehr ins Leben bedeutete zugleich die Rückkehr in eine Welt, in der es den Schmerz gab.

Huxley stöhnte auf. Selbst die geringste Bewegung war in den ersten Sekunden eine unmenschliche Marter. Trotzdem kam es einem Wunder gleich, diese Schmerzen überhaupt noch verspüren zu dürfen. Denn das Ausmaß der Verwüstung um ihn her ließ es auf den ersten Blick unmöglich anmuten, daß irgend jemand darin überlebt haben könnte. Auch die Geräuschlosigkeit, diese zähe, schwere Stille innerhalb der zerstörten Kommandozentrale, erschien Huxley in einer Weise absolut, daß fast nur der Tod sie ausströmen konnte.

»Charaua?« preßte er hervor, nicht halb so laut wie beabsichtigt. Und dann, zögernd mit seinen Gedanken tastend: ›Nanghkor...?‹

Nichts. Keine Antwort. Nur – plötzliche hohe Laute, ein monotones Stakkato, das zunächst auf unbestimmte Weise beunruhigte.

Eine schmerzhafte Kopfbewegung später hatte Huxley das dazugehörige visuelle Signal entdeckt – und keuchte entsetzt auf: Offenbar war beim Absturz die Selbstzerstörungsautomatik aktiviert worden!

Die bewußte Vernichtung dieses Prototyps wurde von den Nogk billigend in Kauf genommen und sollte verhindern, daß Technik und Crew in Feindeshand gerieten.

Wieder einmal wurde Huxley sich der Fremdartigkeit der Nogk bewußt. Er konnte die verbleibende Zeit bis zur endgültigen Zerstörung des Schiffes von einer pulsierenden Anzeige ablesen. Daß die Schiffshülle beim Aufprall nicht schon vollends zerstört worden war, erschien ihm nicht länger wie eine wundervolle Gnade, sondern vielmehr wie eine Boshaftigkeit des Schicksals.

Stöhnend richtete er sich auf. Da! Unter einer umgestürzten Konsole ragte ein Arm hervor.

Charaua oder Nanghkor!

Mühsam tastete sich Huxley in diese Richtung. Die Konsole hochzustemmen und beiseite zu schieben, überstieg fast seine Kräfte. Aber schließlich schaffte er es und sah sich Nanghkor gegenüber.

Wo war aber Charaua?

Wieder sah er sich um, fand aber keine Spur des zweiten Nogk. Es gab zuviele Möglichkeiten, wo Charaua sich befinden *konnte.* Trümmer lagen über weite Teile der Schiffszentrale verstreut und behinderten die Sicht.

Huxley kniete neben Nanghkor nieder. Wie tot lag der Nogk da, und obwohl Huxley keine Trauer verspürte, fröstelte ihn unter dem Blick der glanzlos gewordenen Facettenaugen, die auf ihn gerichtet waren. Und er schrak zusammen, als einer von Nanghkors Fühlern plötzlich merklich zuckte!

Huxley beugte sich vor. ›Wach auf!‹ dachte er intensiv. ›Komm schon!‹

Warum willst du ihn unbedingt aufwecken? dachte Huxley fatalistisch. *Wir sterben sowieso.*

Er kannte die Antwort: Er wollte nicht als einziger bei vollem Bewußtsein sterben!

Nanghkor bewegte sich schwerfällig. Huxley schob die Arme unter den Oberkörper des Nogk und half ihm, sich aufzurichten. Die Augen des anderen füllten sich mit vagem Glanz.

›Was ist?‹ fragte Huxley. ›Kannst du aufstehen?‹

Nanghkor reagierte nicht. Unwillkürlich wurden Huxleys Bemühungen um den noch benommenen Nogk gröber.

Sie trugen die Raumanzüge, die ihnen die Meegs mit dem Hinweis überreicht hatten, es handele sich ebenfalls um unerprobte Neuentwicklungen – robuster und *intelligenter* als die vorausgegangenen Produkte dieser Art.

Huxley fand eine erste Bestätigung dafür, denn er konnte sich nicht erinnern, den Anzugshelm selbst geschlossen zu haben. Und es war bezeichnend, daß er bis zu diesem Moment noch nicht einmal registriert hatte, innerhalb eines geschlossenen kybernetischen Systems zu stecken.

Wie Nanghkor auch.

Und wie...

In diesem Moment tauchte Charaua hinter den Trümmern auf, und Huxley atmete innerlich auf.

›Ich konnte Außenmessungen vornehmen‹, teilte der Nogk mit, ohne zu erklären, *wann* er diese vorgenommen hatte. ›Der Asteroid verfügt über eine derart hohe Schwerkraft, daß sie technisch erzeugt sein muß. Künstlich. Wie auch immer... Die TALLOON ist leck geschlagen, alle Atemluft entwichen, die Schäden irreparabel.‹

›Woher willst du das wissen?‹ fragte Huxley.

›Ich habe einen Systemcheck über die Logistikeinheit meines Anzugs durchgeführt. Wir leben – das ist der einzige positive Aspekt, den ich zur Zeit nennen kann. Aber um weiter *überleben* zu können, müssen wir hier raus und so schnell wie möglich zu der Station, die uns das eingebrockt hat...‹

Wenn stimmte, was Charaua geäußert hatte, standen ihre Chancen, je wieder von diesem Asteroiden wegzukommen, nahe null.

›Kannst du den Selbstvernichtungsmechanismus stoppen?‹ fragte Huxley.

›Nein.‹

Huxley fluchte. ›Dann sollten wir wirklich zusehen, daß wir hier rauskommen!‹

Auch Charaua trieb jetzt zur Eile.

Sie erreichten die Schleuse, die kaum noch ihren Namen verdiente. Ein riesiges Loch klaffte darin.

Dann waren sie draußen und suchten Deckung hinter einer nahen Kraterwand.

Wenig später verging die TALLOON in einer lautlosen Explosion, deren Erschütterung sich aber bis in die Körper der drei Gestrandeten fortpflanzte.

Und über dem Kraterrand stand sekundenlang ein Glühen von schrecklichem Glanz...

11.

Das Wrack der TALLOON, wie Huxley es zuletzt gesehen hatte, erinnerte an den Kadaver eines olivgrünen Wals, über den Horden monströser Aasfresser hergefallen waren, um ihm sein Fleisch von den Knochen zu reißen.

Und nun war das sie umgebende All nicht lichtlos finster, sondern von der Farbe eines aufgewühlten Teiches. Durch die Restlichtverstärkung der Helmvisiere wurde alles in der Umgebung von einer vagen Grüntönung überlagert – zumindest für Huxleys Augen. Die Netzaugen der Nogk mochten dies anders interpretieren...

Obwohl sie Huxleys Schätzung zufolge bereits seit weit über einer Stunde unterwegs waren, schien sich die Entfernung zu dem zerstörten Schiff hinter ihnen nicht wesentlich vergrößert zu haben.

Der Marsch über die Asteroidenoberfläche war kräftezehrender, als Huxley angenommen hatte, obwohl die Schwerkraft, die künstlich sein mußte, mit 1,1 g nur wenig über der Terras lag. Während der ersten Schritte hatte Huxley den Unterschied nicht einmal wahrgenommen.

Inzwischen bereitete jeder Schritt über das unbekannte Terrain Mühe, kostete Überwindung. Rund 20 Kilometer lagen vor ihnen, um die Koordinaten der Festung zu erreichen, aber daran versuchte Huxley tunlichst nicht zu denken.

In einigen düsteren Momenten wünschte er sich sogar, der Absturz wäre noch ein wenig härter ausgefallen...

Die beiden Nogk schienen weniger Probleme mit dem Vorankommen zu haben. Vor allem Nanghkor schritt geradezu zügig aus. Vielleicht bereitete es ihm aber auch nur eine primitive Freude, den Terraner immer weiter hinter sich zu lassen. Er war Huxley mittlerweile fast hundert Meter voraus, während Charaua nur ein paar Schritte vor ihm herging. Dennoch fiel Huxley zurück, weil jeder seine Schritte kürzer war als der vorherige. Schließlich blieb Charaua stehen und wandte sich zu ihm um.

›Pause?‹ drang seine Frage zu Huxley. Der Terraner hob die Hand, um sein Okay zu signalisieren. Charaua wandte den Blick in Nanghkors Richtung. Wenig später blieb dieser stehen und kam langsam, fast schlendernd, zurück zu ihnen.

Charaua wandte sich an Huxley: ›Hältst du durch?‹

Huxley nickte. ›Ich muß nur kurz verschnaufen.‹

›Vor uns liegt noch ein weiter Weg‹, erinnerte ihn Charaua. Den skeptischen Blick des Nogk spürte er selbst durch das Helmvisier hindurch.

Nanghkor blieb etwa auf halber Strecke zu ihnen stehen. Huxley kam es vor, als würde der Nogk seine Nähe meiden. Und dann konnte Huxley Charaua nur noch mit einem Stoß vor Nanghkors vermeintlicher Heimtücke zu retten!

Vor ihnen blitzte es auf, und wer außer dem reanimierten Nogk aus der Vergangenheit hätte in diesem Moment noch einen Schuß auf sie abfeuern sollen?

Er kam aus dessen Richtung!

Der Fels, bei dem Charaua und Huxley gerade noch gestanden hatten, zerschmolz unter der auftreffenden Energiekaskade...

... aber es war nicht Nanghkors Schuß!

Huxley richtete seinen Blick erschrocken dorthin, wo der Robot heranschwebte.

Einer?

Sie schienen plötzlich überall zu sein!

Der felsige Boden um sie herum erwachte an etlichen Stellen buchstäblich zum Leben, und dunkle Metallkörper, eben noch optisch eins mit dem Gestein, stiegen empor, um sich zu einer Angriffslinie zu formieren. Auf ihrer Hülle begannen Stellen erst zu glosen, dann zu glühen.

Sie feuern schon wieder! dachte Huxley.

Und kam ihnen diesmal zuvor.

Ihre ersten Schüsse gingen fehl. Weder Huxley noch Charaua hatten sich die Zeit genommen, richtig zu zielen. Sie hatten sich lediglich die Chance verschafft, hinter halbwegs sichere Deckungen zu kriechen. Jetzt riskierten sie es, über die Felsblöcke, hinter die sie sich geworfen hatten, hervorzusehen.

Die Stelle, an der sie sich eben noch befunden hatten, war von den schwebenden Robotern in Glutlachen verwandelt worden. Wieder eröffneten die Roboter – *acht*, zählte Huxley, aber es konnten auch mehr sein – das Feuer. Sowohl er als auch der Nogk gaben eine Salve ab, ehe sie sich wieder hinter ihre Deckung zurückzogen. Aus der Ferne, dort wo sich Nanghkor befinden mußte, jagten weitere Blasterschüsse zu dem Robot-Pulk hinüber.

›Wir müssen uns weiter auseinanderziehen, den Abstand zwischen uns vergrößern!‹ wandte sich Huxley an Charaua. ›Ich brauche Feuerschutz.‹

Der Nogk reagierte augenblicklich. Er kam hinter dem

Felsblock hervor und nahm die Roboter unter Dauerbeschuß.

Derweil sprang Huxley zur Seite und rannte geduckt auf die nächste Deckungsmöglichkeit zu. Vereinzelt gab er selbst Schüsse ab.

Obwohl es geradezu selbstmörderisch war, tauchte er nach Erreichen des Felsbuckels nicht sofort dahinter ab, sondern nahm sich eine Sekunde Zeit, um ein besseres Bild von den Robotern zu erhalten.

Im oberen Teil erinnerten sie ihn der Form nach an Pilze mit grober Struktur. Deswegen waren sie auf dem felsigen Hintergrund des Asteroiden optisch kaum auszumachen.

Darüber hinaus mußten sie jedoch über Tarnsysteme verfügen, die auch eine Ortung ihrer energetischen Aktivitäten verhinderte, obwohl die vom Rat der Nogk zur Verfügung gestellten neuartigen Raumanzüge diesbezüglich phantastisch ausgerüstet waren.

Bewaffnung und Antrieb der Roboter befanden sich in der schlankeren unteren Hälfte der Konstruktion. Ähnliches hatte Huxley noch nie gesehen.

Hastig ließ er sich fallen, als ein hellgrüner Speer geradewegs auf ihn zuraste. Über ihm zerplatzte der Fels, glühender Regen ging um ihn herum nieder. Ein paar Tropfen trafen auch seinen Anzug, der sich aber auch dagegen resistent erwies. Und zwar anders als erwartet. Im Moment des Kontaktes zwischen Glut und Gewebe schien sich ein energetisches Feld zu errichten, das die Anzugskonturen hautnah nachzog.

Kaum war die Gefahr beseitigt, erlosch auch jeder Hinweis auf einen solchen Schild.

In der Folge entfesselten Huxley und Charaua ein regelrechtes Blaster-Gewitter. Grellgrüne Blitze jagten auf die Roboter zu. Unter dem Dauerbeschuß wurden sie empfindlich dezimiert, und schließlich war der Kampf entschieden.

Huxley wagte sich aus seiner Deckung. Ein Stück entfernt trat auch Charaua hinter einer Felsnase hervor.

›Vorsicht!‹

Huxley reagierte augenblicklich auf Charauas Warnung. Ob das beobachtete Schutzfeld auch einem Strahlvolltreffer standgehalten hätte, wollte er lieber nicht testen – zumal er es nicht glaubte.

Ohne sich umzusehen, ließ er sich fallen, während der Nogk zurücksprang. Ein Lichtbalken zuckte lautlos über Huxley hinweg. Im Fallen entdeckte er den Roboter, der das vorausgegangene Gefecht überstanden hatte, oder...

... jetzt erst von irgendwoher angekommen war!

So schien es tatsächlich zu sein, denn er erhielt Verstärkung. Eine ganze Gruppe von Robotern kesselte Huxley ein!

Der Terraner beobachtete, wie sich immer wieder jenes Glosen an der Unterseite der Maschinen aufbaute, das sich in zerstörerischen Blitzen entlud.

Die Bewegung seitlich von sich erahnte er mehr, als daß er sie wirklich sah. Charaua kam aus seiner Deckung hoch, um die Roboter abzulenken.

Dann –

Huxley begriff nicht, warum die wütenden Angriffe der Roboter jäh endeten, als hätte jemand einen Schalter umgelegt.

Das Schlachtfeld der zerstörten Maschinen, das er überblickte, nachdem er sich aufgerichtet hatte, ließ kaum Zweifel offen, wie es dazu gekommen war.

Eine vereinzelte Gestalt bewegte sich auf sie zu.

Nanghkor.

Offenbar war es ihm gelungen – *wie?* fragte sich Huxley bei aller Erleichterung auch unbehaglich –, die zweite Angriffswelle zu eliminieren.

Nanghkor hatte die Ablenkung der Roboter, für die Charaua und Huxley gesorgt hatten, genutzt, um sich an etwas heranzupirschen und es zu zerstören, was er als ›Zentralsteuerungseinheit‹ identifiziert hatte. Dieser im Hintergrund agierende strategische Koordinator war seinen Worten zufolge für das Vorgehen aller beteiligten kybernetischen Angriffssysteme zuständig gewesen, und als er ihn zerstörte, schien eine Art Rückkopplung auch sämtliche ›Soldaten‹ zerlegt zu haben...

Huxley hatte trotzdem Schwierigkeiten, Nanghkor echte Dankbarkeit entgegenzubringen.

›Wer hat uns diese Robs auf den Hals gehetzt?‹ fragte er den Nogk aus der Vergangenheit. ›Der Feind, der dich damals tötete? Erkennst du diese Konstruktionen wieder?‹

›Ich erkenne sie‹, gab Nanghkor zurück.

Das erklärte zumindest, daß er gewußt hatte, wo der Hebel anzusetzen war.

›Dann ist dies also definitiv feindliches Territorium‹, kommentierte Huxley.

Nanghkor bestätigte weder, noch dementierte er diese Schlußfolgerung.

›Die Bastion, auf die wir uns zubewegen, hat uns entweder als Gegner identifiziert, obwohl die TALLOON sich völlig von früheren Einheiten der Nogk unterscheidet‹, führte Huxley seine Einschätzung der Lage daraufhin weiter aus, ›oder sie feuert auf *alles*, was nicht mit den Daten ihrer Erbauer in Einklang zu bringen ist.‹

›Du meinst, die Attacken gegen uns wurden von einer seelenlosen Automatik initiiert – nicht von etwaigen noch lebenden Feinden?‹ erkundigte sich Charaua.

›Wer sollte nach all der Zeit noch hier leben... leben *wollen*?‹ stellte Huxley die Gegenfrage. ›In einem System, in dem es nur noch Zeugnisse eines wahnsinnigen Krieges gibt, einem System, in dem möglicherweise sogar die einmal vorhandenen Planeten gesprengt worden sind? Wer in dieser Öde ausharren würde, müßte selbst wahnsinnig sein...‹

Huxley hielt inne. Weil ihm dämmerte, daß *diese* Möglichkeit nicht halb so abstrus sein mußte, wie sie klang.

›Kannst du dich an sonst noch etwas erinnern, was uns weiterhelfen könnte?‹ wandte er sich an Nanghkor.

›Weiterhelfen?‹

›Zu überleben!‹

›Nein.‹ Nanghkor zog sich wieder in sein Schneckenhaus zurück.

Huxley fluchte.

Charaua bemühte sich auch weiterhin um Neutralität.

Sie setzten ihren unterbrochenen Marsch über die Staub- und Felswüste fort.

Nach einer für Huxleys Begriffe schier endlosen Wanderung kam die fremde Bastion endlich in Sichtweite. Aber es verstrichen noch mehr als drei Stunden, bis sie diese Station wirklich erreicht hatten. Ihre Wachsamkeit blieb auf einem hohen Level. Ständig erwarteten sie einen erneuten Schlag der Macht, die sich auf diesem Asteroiden etabliert hatte.

Der Eindruck, den das Bauwerk vom Raumschiff aus gemacht hatte, bestätigte sich: Die Festung wucherte tatsächlich wie ein steinernes Geschwür, und fast konnte man den Eindruck gewinnen, dieser ganze festungsartige Komplex hätte sich im Laufe der zurückliegenden Jahrhunderte – oder Jahrtausende – aus eigener Kraft noch wesentlich über die ursprünglichen Grenzen hinaus ausgedehnt, die seine Erbauer einst festgelegt hatten...

Huxley studierte die Einzelheiten der einsamen Bastion. Daß von dort auf sie geschossen werden konnte, kam einem mittleren Wunder gleich. Denn die beeindruckende Größe konnte nicht darüber hinwegtäuschen, daß es sich bei dem bizarren Bauwerk letztlich doch auch nur um eine Ruine handelte. Die Schäden konnten nicht von der TALLOON verursacht worden sein, weil deren Offensivsysteme im entscheidenden Moment blockiert gewesen waren. Außerdem mußten Waffen eines gänzlich anderen, fremdartigeren Typs als die Netzwerfer dafür verantwortlich sein – und sie mußten schon vor sehr langer Zeit gewütet haben.

Der Schluß, daß die Zerstörungen an dieser Anlage zeitgleich mit der Raumschlacht stattgefunden hatten, lag nahe. Und in dieser Überlegung steckte etwas, was Huxley auf ganz eigenartige Weise – beruhigte...?

Er versuchte, das Gefühl näher zu ergründen, aber es gelang ihm nicht. Statt dessen lenkte er seine Konzentration wieder auf die Festung selbst. Er tat es stumm, wie Charaua und Nanghkor auch. Ob sie in gleicher Weise davon beeindruckt waren wie er, wußte er nicht. Ihn jedenfalls bannte der Anblick regelrecht, und dieses Gefühl verstärkte sich mit jeder Sekunde.

Trotz der Schäden ließ sich zumindest erahnen, welche

Anstrengungen es einst erfordert hatte, ein solch komplexes Bauwerk auf dem Asteroiden zu errichten.

Welchem Zweck hatte die Station gedient? Nur der Verteidigung?

Drei Minuten mochten vergangen sein, während derer Huxley nichts anderes getan hatte, als die Station zu beobachten. Nichts rührte sich dort drüben. Keine der erkennbaren Geschützantennen war justiert worden, nirgends deutete etwas darauf hin, daß der nächste Kampf ums Überleben bevorstand.

Die Ruhe vor dem Sturm?

Oder einfach die Stille des allgegenwärtigen Todes und Niedergangs?

›Was nun?‹ fragte Huxley, um das lastende Schweigen aufzuheben. ›Die Ruhe mag trügerisch sein. Man will uns vielleicht in Sicherheit wiegen, um uns zu verleiten, unvorsichtig zu werden...‹

›Es gibt nur einen Weg, es herauszufinden‹, sagte Charaua. Und setzte sich auch schon in Bewegung. Behutsam setzte er einen Fuß vor den anderen.

Nanghkor folgte ihm, und schließlich auch Huxley.

Was dann passierte, hätten sie auch nicht verhindern können, wenn sie ihrer Umgebung noch mehr Aufmerksamkeit gewidmet hätten.

Wie zuvor schon die Roboter, löste sich rings um sie her etwas aus dem Boden. Unscheinbare Metallpfähle schoben sich in die Höhe, nachdem sich die steinfarbenen Abdeckungen darüber gelöst hatten. Die Pfähle endeten in nadelspitzen Dornen, und an deren Enden baute sich binnen eines Lidschlags ein bläuliches Flirren auf, das sich sofort davon löste und – auseinanderfächerte!

Das Licht wurde zu engmaschigen Energienetzen, die

sich miteinander verwoben und blitzschnell über die drei Ankömmlinge senkten.

Es gab kein Entkommen vor ihnen, aber noch während Huxleys Bewegungsfähigkeit davon eingeschränkt wurde, glaubte er, das schon vertraute Konturfeld um seinen Anzug herum wahrzunehmen.

Energie berührte Energie.

Und gleichzeitig tat sich noch etwas – drüben an der zerklüfteten Flanke der Festung: Verborgene Abstrahlpole erwachten zum Leben und richteten sich gegen den Terraner und die beiden Nogk!

Gegen drei Wehrlose! Denn die Energienetze umhüllten ihre Körper bereits vollständig, fesselten sie und verdammten sie zur völligen Hilflosigkeit!

Doch im nächsten Augenblick kam nicht der erwartete Todesstoß, sondern bildete sich in der Flanke der Station eine torgroße Öffnung, die lamellenartig auseinanderglitt.

Lamellenartig?

Die Energienetze, in denen sie eben noch gefangen gewesen waren, erloschen, und sie gewannen ihre Bewegungsfreiheit zurück. Sofort marschierten die beiden Nogk los. Huxley folgte ihnen hölzern. Er hatte das beklemmende Gefühl, die Fessel immer noch nicht ganz losgeworden zu sein... Mattes Licht erfüllte den Raum jenseits der Öffnung, deren Höhe und Breite Huxley auf mindestens zehn Meter schätzte. Ein Stück dahinter befand sich ein zweites Schleusentor. Nachdem sie eingetreten waren, schloß sich die Wand hinter ihnen wieder lautlos.

›Wenn meine Instrumente stimmen, findet gerade ein Atmosphärenausgleich statt. Das Luftgemisch ist für

Nogk – und Menschen – ohne Einschränkung atembar. Keinerlei Risiken...‹

Huxley mißtraute dem Angebot, das die Station ihnen machte, dennoch.

Erst als Charaua und Nanghkor ihre Helme öffneten und im Nacken zusammenfalteten, gab auch er der Versuchung nach. Die Luft, die er gierig einatmete, war allerdings schal und abgestanden.

Er sah sich um. Die Ausgleichskammer war leer. Einzig neben dem Tor befand sich eine Schalttafel, an die Nanghkor herantrat, ohne sich mit seinen Begleitern abgesprochen zu haben. Er machte sich daran zu schaffen.

Huxley zog seinen Blaster und richtete ihn dorthin, wo die Lamellen des inneren Schotts in diesem Moment – dank Nanghkors Einsatz? – zur Seite glitten.

Gleichzeitig erklang Nanghkors Kommentar über Huxleys Implantat: ›Ich erinnere mich wieder: Dies ist nicht die Station des Feindes. Dies ist... eine Festung der Nogk...‹

Was für ein Gefühl, zurückzukehren... Wieder dort zu sein, wo die Nogk einst versuchten, das Schlachtenglück zu ihren Gunsten zu wenden, den uralten Feind doch noch vernichtend zu schlagen...

Nanghkor kanalisierte seine wahren Gedanken und Empfindungen in sein Zweites System, während seine Hände über das Sensorfeld in der Wand glitten, das seine Individualmuster abtastete und –

– sie immer noch anerkannte.

Natürlich, dachte Nanghkor. Damals hatten sich die Ereignisse überschlagen. Wer sollte sich die Zeit genommen haben, die Berechtigungscodes und Namen befehlsermächtigter Personen zu ändern, während der Feind der Nogk schon gegen ihre Festung angerannt war und die Schilde zerstört hatte?

Nanghkor atmete tief ein und aus.

Für die, die ihn begleiteten, mochte es aussehen, als sei er von den auf ihn einstürzenden Erinnerungen überwältigt.

Er fühlte Charauas beruhigende Impulse.

Dieser sanftmütige Narr!

Wie hatten sie sich verändert, die einst so stolzen Nogk...

Aber hatten sie das wirklich?

Waren sie Schwächlinge, nur weil sie nicht mehr nur blindwütig auf ein Ziel zustoben...?

Langsam drehte sich Nanghkor zu seinen Begleitern um. Die Äußerung des Terraners, die kurz darauf jeden Impuls Charauas überlagerte, machte ihm bewußt, daß Huxley-Mensch sein Mißtrauen immer noch nicht abgelegt hatte.

Anders als Charaua und der Rest des Rats hatte sich dieses in seinen Grundzügen einem Nogk durchaus ähnliche Wesen nicht von Nanghkors improvisierter Rechtfertigung überzeugen lassen, mit der er zu kaschieren versucht hatte, warum er bei seinem Erwachen im *Born der Meegs* wirklich die Kontrolle über sich verloren hatte.

Nanghkor räumte ein, daß er möglicherweise über sein Ziel hinausgeschossen war.

Vielleicht hätte er die Terraner nicht zu Ebenbildern des gnadenlosen Widersachers der Nogk stempeln dürfen, der damals – wann, wie lange war es *genau* her, daß er, Nanghkor, hier krepiert war? – Sonne um Sonne zerstört hatte. Der die Nogk von einem Spiralarm der Milchstraße in den nächsten, bis weit in den Halo gejagt und kampfgewohnte Krieger zu ohnmächtigen Flüchtlingen degradiert hatte, bis...

Ja, bis sich die Gejagten ihrer Stärken besonnen hatten und selbst wieder initiativ geworden waren.

Hier, wo sie das Herz des Feindes vermutet hatten – ohne zu wissen, daß dieser Feind kein Herz besaß...

›Woher kommt diese plötzliche Erleuchtung nun wieder?‹

Nanghkor wandte sich dem beträchtlich kleineren und zerbrechlich wirkenden Nicht-Nogk zu.

›Ich vermag die Rückkehr meiner Erinnerung nicht zu beeinflussen‹, erwiderte er und studierte den sonderbaren Glanz, der aus dem Raumanzug des Menschen drang und sich immer dann, wenn dieser Gedankenbilder sendete oder empfing, auch als Aura um das von ›Haar‹ umrahmte Gesicht legte.

Nanghkor ahnte nicht, daß er dem dafür verantwortlichen Implantat ähnlichen Argwohn zollte wie Huxley. Auch er hielt es für denkbar, daß diese erst seit kurzem aktuellen Module – von denen er selbst keines erhalten hatte – zur mentalen Spionage befähigten. Deshalb befaßten sich seine Gedanken außerhalb des Zweiten Systems nur mit Oberflächlichkeiten, die jeder erfahren durfte.

›Wenn dies eine Station der Nogk ist – warum wurden dann Nogk von ihr attackiert?‹ wollte der Terraner wissen.

Nanghkor ging davon aus, daß Huxley sein Mienenspiel ohnehin nicht hätte deuten können – aber Charauas Anwesenheit machte es erforderlich, sich auch in dieser Hinsicht zu zügeln.

›Ich sagte, die Festung wurde von Nogk erbaut – von den robotischen Angreifern war keine Rede.‹

›Was heißt das?‹

›Ich vermute‹, mischte sich Charaua ein, ›Nanghkor meint, daß die Kampfmaschinen jener Partei angehörten, die auch für die gewaltige Verwüstung der Station verantwortlich ist – dem Feind...‹

›Stimmt das?‹ wandte sich das Wesen mit den nur zwei Sehorganen (und noch dazu überaus *weichen*, die sich allzuleicht verheeren ließen...) an Nanghkor.

›Charaua ist klug‹, bestätigte er – und gab damit indirekt zu verstehen, was er von den intellektuellen Fähigkeiten Huxleys hielt.

›Und du bist...‹, einen Moment lang hatte Nanghkor Mühe, den Sinn des Impulses zu verstehen, ›... *schlau*.‹

Huxley machte eine sehr bestimmte Geste in Richtung des von Nanghkor geöffneten Schotts und fragte: ›Was ist? Wollen wir nicht hinein? Oder besteht die Gefahr, daß uns auch dort Roboter auflauern?‹

Auf einer Nanghkor selbst nicht bewußten Ebene befriedigte es ihn, festzustellen, wie sehr es den Terraner erzürnte, auf solche Informationshäppchen angewiesen zu sein, wie Nanghkor sie ihm und Charaua hinwarf.

Fast wie Almosen, die man einem Bettler schenkte...

›Die Gefahr kann überall sein‹, reagierte Nanghkor nach kurzem Überlegen auf Huxleys Drängen. ›Als ich zuletzt in diesem Komplex unterwegs war, stand der Fall der Festung unmittelbar bevor. Alles deutet darauf hin, daß die Nogk unterlagen. Daß ihr Vorhaben scheiterte...‹

›Welches Vorhaben?‹

Nanghkor spürte auch Charauas Interesse an dem Wissen, das dem von den Toten Zurückgekehrten nach dessen

Aussage erst jetzt wieder zugänglich geworden war.

›Später‹, wehrte er ab.

›Warum erst später?‹ Huxley-Mensch stampfte mit dem Bein auf. Der zu dem paßgenau für ihn angefertigten Anzug gehörige Stiefel verursachte einen hallenden Ton innerhalb der Ausgleichskammer.

›Folgt mir‹, forderte Nanghkor statt einer Antwort. ›Verschaffen wir uns erst einen Überblick über den Grad der Zerstörungen im Innern. Falls das, wovon ich mir selbst Antworten erhoffe, nicht irreparabel beschädigt wurde, werdet ihr leichter verstehen, was ich euch dazu zu berichten habe.‹

Huxleys Blick suchte Unterstützung bei Charaua.

Aber Charaua blieb seiner Mittlerrolle treu.

›Tun wir, was er sagt...‹

Nacheinander betraten sie den Bereich, wo die eigentlichen Wunder – und Unwägbarkeiten – dieser uralten Festungsanlage begannen.

12.

Huxley rechnete jederzeit mit einem Angriff. Er erwartete, bereits unmittelbar hinter dem inneren Schleusenschott mit ernsthaften Bedrohungen konfrontiert zu werden. Möglicherweise nicht nur mit Robotern. Vielleicht gab es Überlebende der damaligen Tragödie: in die Primitivität zurückgefallene Nachfahren der Festungsbesatzung, die nun...

Aber der Gang, der tiefer in die Station hineinführte, lag leer und verlassen da – nicht einmal unordentlich, sondern beinahe so, als gäbe es immer noch Einflüsse, die darauf bedacht waren, alles sauber zu halten.

Nanghkor ging voraus, gefolgt von Charaua und Huxley.

Hinter ihnen schloß sich das Schleusenschott mit einem dumpfen Ton, und Huxley unterdrückte die Befürchtung, damit ein Grab betreten zu haben, das sie nie mehr wieder freigeben würde.

Daß diese Station Nanghkor anstandslos als Befugten anerkannte, mochte sich mit dessen früherer Rolle erklären lassen – aber daß auch seine Begleiter anstandslos akzeptiert wurden, warf neue Fragen auf. Oder waren Wesen in Begleitung eines Autorisierten automatisch ebenfalls geduldet? Nach Huxleys Empfinden wäre dies ein sehr nachlässiges Verfahren in Bezug auf welchen Gegner auch immer gewesen...

Kurz darauf bereute er es zutiefst, sich nicht einfach mit der herrschenden Ruhe zufrieden gegeben zu haben.

›Identifiziere dich‹, schnitt ein Befehl in sein Bewußtsein, der weder von Nanghkor noch von Charaua stammen konnte. ›Du hast exakt acht *nijn* nach Ende dieser Ansprache Zeit. Solltest du dich bis dahin nicht als Legitimierter ausgewiesen haben, treten die zur Auslöschung unermächtigten Lebens vorgesehenen Maßnahmen in Kraft...‹

Huxley überwand seine vorübergehende Erstarrung, und aus Charauas Bewegungen ließ sich schließen, daß er soeben dieselbe Aufforderung erhalten hatte wie sein terranischer Freund. Nanghkor behielt als einziger seine fast stoische Ruhe, als hätte er überhaupt nicht registriert, was vorgefallen war. Offenbar blieb er nur stehen, weil die anderen innehielten.

›Was sind acht *nijn*?‹ wandte sich Huxley an Charaua. Er versuchte, nicht in Panik auszubrechen.

›Ich weiß es nicht. Es muß sich um eine Zeitrechnung handeln, die bei den heutigen Nogk nicht mehr geläufig ist... Nanghkor?‹

Huxley wurde das Gefühl nicht los, daß der Nogk aus dem Totenkegel die Zeit absichtlich verschleppte. Charaua mußte ihm erst genau erklären, was für ein telepathisches Ultimatum ihnen gestellt worden war.

›Ich habe nichts dergleichen bemerkt‹, behauptete er. ›Ein *nijn* entspricht...‹, das Implantat wandelte es für Huxley in terranisches Zeitmaß um, ›... etwa zehn Sekunden.‹

»Dann bleibt uns noch eine Minute – knapp!« verfiel Huxley unwillkürlich in die Sprache, mit der er aufgewachsen war. »Verdammt! *Unternimm etwas!*«

›Unternimm etwas...!‹ Auch Charaua schien keine Zweifel an der Ernsthaftigkeit der ihnen gesetzten Frist zu hegen.

Er machte einen Schritt auf Nanghkor zu, der dieselbe Strecke zurückwich und dadurch die Distanz zwischen ihnen wahrte.

›Wir müssen raus hier – sofort!‹ Huxleys Aufforderung war an Charaua adressiert. ›Hier drin sitzen wir in der Falle und haben nicht den Hauch einer Chance...‹

Charaua zögerte.

Und so wie Nanghkor dort im Zwielicht des Ganges stand – die Quelle dieser Helligkeit war nicht auszumachen –, wirkte er ganz wie jemand, der erst nachdenken mußte, ob er anderen überhaupt aus ihrer Misere helfen *wollte*.

Huxley fluchte und verwünschte sich, weil er soviel Energie und Zeit auf sein Mißtrauen verschwendete.

›Komm!‹ drängte er noch einmal in Charauas Richtung.

Und in genau dem Moment, als es schien, daß dieser sich endlich aufraffen wollte, Huxleys Ruf zu folgen, registrierten beide Nanghkors Impulse, die Kontakt zu der unsichtbaren Wächterautomatik herstellten: ›Ich bin Nanghkor – du hast mich anerkannt und weißt, wer ich bin! Weite meine Berechtigungscodes auf meine Begleiter aus – sofort! Sie stellen keine Gefahr dar! Bestätige!‹

Huxley hielt den Atem an. Er hatte sich bereits in die Richtung gewandt, aus der sie gekommen waren. Seine Faust umschloß den Blaster, um das Schott zur Schleusenkammer notfalls zu zerstrahlen.

Doch das war nicht mehr erforderlich.

›Ich bestätige‹, meldete sich der Wächter, der so alt war wie die Festung. Und ebenso unsterblich. ›Die Individualmuster sind gespeichert. Ihr seid willkommen. Selbst der Weg zum Zentrum steht euch offen...‹

»Du mußt ein ganz schön hohes Tier gewesen sein«, knurrte Huxley, ehe er sich auf sein telepathisches Implantat besann. ›Und was dürfen wir unter *Zentrum* verstehen? Die Zentrale der Festung, in der früher alle Fäden zusammenliefen...?‹

›Zusammenlaufen‹, entgegnete Nanghkor und benahm sich nicht, als hätte er ihnen gerade das Leben gerettet.

Trotzdem hatte er es.

Vielleicht mochte es unter Nogk nicht üblich sein, sich für eine solche Tat zu bedanken – unter Menschen war es das im allgemeinen. Dennoch konnte sich Huxley einfach nicht dazu überwinden.

›Du glaubst, hier funktioniert nach all der langen Zeit noch alles?‹ machte er zudem kein Hehl aus seiner Skepsis.

›Nicht alles. Aber es reicht, wenn das Wesentliche intakt ist.‹

›Und was ist das Wesentliche?‹

›Kommt mit, dann erfahrt ihr es.‹

›Tun wir, was er sagt‹, ermunterte Charaua den ersten und einzigen Angehörigen eines Fremdvolkes im Rat der Nogk.

Huxley überwand das Gefühl, offenen Auges ins Verderben zu rennen.

Sie setzten ihren unterbrochenen Weg fort.

Manche der Korridore, die sie entlanggingen, endeten unversehens vor Trennschotts, auf denen Symbole zu lesen waren, die Charaua mit Mühe, Nanghkor mit Leichtigkeit zu entziffern vermochte.

›Umleitungen‹, informierte Charaua Huxley. ›Umgehungen von Stationsbereichen, deren Leckagen von den immer noch funktionierenden Automatismen offenbar nie vollständig behoben werden konnten...‹

Huxley schwieg dazu. Aber nach beinahe einer halben Stunde erreichten sie über Umwege doch noch das ›Zentrum‹, von dem die lautlose Stimme gesprochen hatte.

Es *war* vergleichbar mit einem Kommandostand.

Aber Licht flammte erst auf, als sie die Türschwelle übertraten. Zuvor schien alles Entbehrliche auf energieschonenden Sleepmodus geschaltet gewesen zu sein.

Wie lange schon?

›Gibt es denn nirgends verläßliche Hinweise, vor wie vielen Jahren die Schlacht getobt hat...?‹

›Vielleicht finden wir sie hier‹, gab Nanghkor ungewöhnlich moderat zurück.

Unweit des Schotts blieben sie stehen.

Die Zentrale der Asteroidenstation war riesig in ihren Ausmaßen. Überall standen Arbeitsterminals, Instrumentenkonsolen, Sitzgelegenheiten, die sich völlig von denen der heutigen Nogk unterschieden...

... aber keinen einzigen Toten, in welchem Zustand auch immer.

Nur – Staub.

Staub in rauhen Mengen, als wäre hier weniger auf Reinhaltung geachtet worden als in jedem noch so abgelegenen Gang, den sie unterwegs durchschritten hatten...

Charaua schien Huxleys Gedanken zu erraten, denn er

kniete neben einer knöchelhohen Anhäufung von Staub und berührte sie mit den künstlichen Nerven seines Handschuhs.

›Totenasche‹, teilte er Huxley mit. ›Irgend etwas hat alle Nogk hier drinnen umgebracht – diese Asche muß so alt sein wie die Schlacht.‹

Huxley glaubte zu begreifen. Nogk, die nicht rechtzeitig dem Konservierungsprozeß unterzogen wurden, der ihre sterblichen Reste in den Totenkegeln der Nachwelt erhielt, zerfielen nach relativ kurzer Zeit zu staubartigen Partikeln.

Asche, hatte Charaua es genannt. *Totenasche.*

Offenbar war hier niemand mehr in der Lage gewesen, in entsprechender Weise zu reagieren und die Gefallenen zu bergen.

Weil alle Nogk in dieser Festung fast zur gleichen Zeit gestorben waren?

›Kein Zweifel.‹ Charaua erhob sich wieder. ›Wäre es normaler Staub, hätten die Maschinen ihn längst beseitigt. Ihr Programm gestattet es aber offensichtlich nicht, Nogk wie Schmutz zu behandeln.‹

Huxley glaubte, ihm die Betroffenheit anzumerken.

›Aber es gibt nirgends Kleidungsreste...‹

›Kleidung zerfällt irgendwann – *jede* Kleidung. Aber wozu sollte Asche noch zerfallen?‹ erwiderte Charaua.

Dann zuckte auch er zusammen, denn nicht nur das Licht, fast alles veränderte sich plötzlich um sie herum, weil Nanghkor – wer sonst? – das Zentrum zum Leben erweckt hatte.

Und im nächsten Moment stürzte der eisige, bleierne Weltraum auf sie ein!

Es war nicht mehr neu oder gar sensationell, inmitten einer Allsichtsphäre zu stehen – dennoch hatten weder Charaua noch Huxley es hier und in dieser Sekunde erwartet!

Nanghkor wiederum hatte es nicht für nötig erachtet, sie vorzuwarnen.

Dann – zumindest Huxley benötigte eine geraume Weile, es zu bemerken – wurde klar, daß sie es nicht mit einer identischen Bildübertragungstechnik zu tun hatten, wie die Nogk der Neuzeit sie zur scheinbaren Perfektion entwickelt hatten.

Scheinbar traf es auf den Punkt, denn hier...

... konnten sie die wahre Perfektion bestaunen!

Der Weltraum, in dem sie sich wiederfanden, besaß *Tiefe*, war plastisch, dreidimensional – holographisch!

Ein seltsamer Laut der Bewunderung entfloh Huxleys Lippen. Er trat neben Charaua und berührte ihn am Arm. ›Das... ist phantastisch!‹

›Das ist es‹, stimmte der Nogk bereitwillig zu.

Und noch bevor sie Nanghkor zur Rede stellen konnten, gewährte dieser ihnen eine weitere Demonstration der Möglichkeiten dieser Anlage.

Das All raste noch näher auf die Betrachter zu und ließ sie noch stärker mit der Darstellung verschmelzen.

»Es ist das System!« keuchte Huxley schließlich. »Dieses System!«

Der Friedhof der Raumschiffe und die Schwärme von Asteroiden zeichneten ein eindeutiges Bild.

Bis auf ein entscheidendes Detail, das ihnen bei keinem der Scans von Bord der TALLOON aus aufgefallen war, obwohl es *nicht* zu bemerken, die schiere Unmöglichkeit schien...

Dieses Detail war gewaltig in seinen Ausmaßen.

Planetengroß!

Huxley fand nur eine Erklärung. ›Was für eine Aufzeichnung ist das?‹ wandte er sich an Nanghkor.

In den Facettenaugen des ein paar Schritte entfernt tätigen Nogk schien es zu irrlichtern. ›Es handelt sich um keine Aufzeichnung‹, stellte er klar. ›Was ihr seht, ist da. Jetzt.‹

›Ein Planet? Unmöglich! Dieses System hat keine Welten mehr – es mag welche besessen haben, aber zu Zeiten als sie noch nicht durch unbekannte Gewalten in unzählige Trümmer gesprengt worden waren. Die Asteroiden deuten darauf hin, daß...‹

›Die Asteroiden sind auch schon auf der Darstellung zu sehen, die du für eine Aufzeichnung hältst‹, unterbrach ihn Charaua. ›Ich glaube, ich verstehe, was Nanghkor uns klarzumachen versucht: Den Planeten dort gab es damals und gibt es auch noch heute! Nur liegt er offenbar unter einem so ausgeklügelten Tarnschirm, daß ihn nicht einmal die Ortungsgeräte der TALLOON wahrzunehmen vermochten, geschweige denn zu durchbrechen!‹

›Genau so ist es.‹ Nanghkor machte eine für Menschen unübliche Geste in Richtung seines Artgenossen. ›Es ist *ihr* Planet – die Heimat derer, die die Sonnen der Nogk zu Supernovae aufheizten! Ich sehe nun alles wieder vor mir, als wäre es gestern gewesen...‹ Er wies mit ausgestrecktem Arm zu der blaugrün schimmernden Planetenkugel, die – wären ihre Kontinente nicht völlig anders konturiert gewesen – ein Spiegelbild der Erde hätte sein können. ›Damals kamen wir, um sie für ihre Untaten büßen zu lassen. Um ihnen dasselbe anzutun wie sie uns. Die Festung auf diesem Asteroiden, diese Anlage, in der wir uns augenblicklich befinden, ist nur der sichtbare Teil des Plans der Vernichtung! Das Geschenk, das wir dem Feind bringen wollten, verbirgt sich unter der steinernen Kruste dieses vermeintlichen Vagabunden. Die Bombe darin sollte nicht nur ihre Sonne, sie sollte *alles* in diesem System zerstören – auch den Feind selbst...!‹

13.

Huxley bekam eine Gänsehaut wider Willen, während sein Blick sich an dem Planeten festheftete, den Nanghkor gerade als die Heimat jenes Superfeindes bezeichnet hatte, der die Nogk und andere Völker der Galaxis einst rücksichtslos verfolgte, um – wie er es in einem früheren Erinnerungssplitter hatte anklingen lassen – deren Welten in *Schatten* einzuweben. Undurchdringliche Wälle zu errichten, hinter denen sich... *was* abspielte?

›Wenn alles so war, wie du es behauptest‹, warf der Terraner ein, ›warum gibt es dann dieses System *und* euer Trojanisches Pferd noch?‹

›Trojanisches...?‹

Charaua, besser in terranischer Historie bewandert, klärte Nanghkor in verständlichen Bildern darüber auf, was Huxley eingewendet hatte.

›Ich weiß es nicht‹, gestand Nanghkor ein. ›Alles deutet darauf hin, daß das Vorhaben der Nogk damals scheiterte. Die Flotte, die damals die vier ungeschützten Planeten des Systems angriff und unter Einsatz aller Waffen zerstörte, wurde selbst zerstört. Die Wracks treiben noch zwischen den Trümmern der unbewohnten Welten. Aber warum dieser ausgehöhlte Asteroid und seine gefährliche Fracht nicht aus dem System entfernt wurden, in all der Zeit nicht, vermag auch ich nicht zu erklären. Fast könnte man glauben, auch der Feind sei damals ausgelöscht worden... Aber wodurch? Und warum ziehen nur Trümmer nogkscher Schiffe ihre Bahn um diese Sonne...? *Ich weiß es nicht!*‹

Huxley war fast geneigt, Nanghkor zu glauben. Der wiedererwachte Tote wirkte völlig konsterniert und aufgewühlt. Die Konfrontation mit der eigenen Erinnerung schien ihn schwer mitzunehmen.

›Wie beurteilst du, was Nanghkor sagt?‹ fragte Huxley Charaua.

›Es klingt in vielerlei Hinsicht schlüssig – wirft aber auch genau die Fragen auf, die Nanghkor gerade formuliert hat.‹

Charaua näherte sich Nanghkor über den unsichtbar gewordenen, aber nach wie vor fühlbaren Boden. Auch Huxley machte ein paar tastende Schritte durch das ihn umgebende Hologramm.

›Diese Welt sieht so unverdorben aus – sie erinnert mich an Terra, die Heimat der Menschen.‹

Huxley nickte unbewußt zu den Worten, die Charaua an Nanghkor richtete, nahm sie ihm aber zugleich auch fast übel. Denn obwohl er dasselbe empfunden hatte, verursachte ihm die frappierende Ähnlichkeit einen bitteren Nachgeschmack, weil sie ihn an Nanghkors Behauptung gemahnte, die Menschheit und der ominöse Erzfeind der Nogk von damals seien miteinander identisch.

›Ich weiß‹, ging Nanghkor auf Charauas Bemerkung ein. ›Auch damals sah sie so aus. Aber von ihr erhoben sich Wolken dunkler Schiffe, die die Flotte der Nogk, die vom Vorstoß des präparierten Asteroiden ablenken sollte, wie Spielzeuge zerschlugen!‹

›Sie müssen längst ausgestorben sein‹, beteiligte sich Huxley an der Debatte. ›Hier existiert keine Raumfahrt mehr, sonst müßten sich Hinweise feststellen lassen...

Oder sagen die Instrumente, die du so schlafwandlerisch sicher bedienst, etwas anderes?‹

Nanghkor antwortete nicht sofort.

›Nein‹, erklärte er schließlich. ›Der Planet scheint energetisch tot – bis auf die Energie, die ganz offenbar zur Aufrechterhaltung des Tarnschirms benötigt wird.‹

Huxley straffte sich. ›Darum sollen sich die kümmern, die nach uns kommen werden‹, gab er den beiden Nogk zu verstehen, daß er für sich selbst momentan andere Prioritäten setzte. ›Die Station hat dich voll anerkannt. Du kannst ihr befehlen, künftig keinen Besucher des Systems mehr anzugreifen. Wir aber sollten zusehen, uns so schnell wie möglich wieder in den Besitz eines interstellar flugtauglichen Schiffes oder Bootes zu bringen. Irgendwo in dieser gewaltigen Anlage muß dergleichen doch zu finden sein – und wenn nicht, müssen wir versuchen, einen Hyperfunkspruch abzusetzen, um Hilfe herbei zu ordern!‹ Er sah Nanghkor geradezu herausfordernd an. ›Irgendwelche Einwände gegen diesen Vorschlag?‹

Nanghkors Züge wirkten unverändert. ›Nein, außer daß es sich nicht wie ein *Vorschlag* anhörte.‹

›Sondern?‹

Charaua schritt ein. ›Aufhören! Was soll das bringen? Unsere Lage ist schon prekär genug, verschlimmern wir sie nicht unnötig.‹ Nur an Nanghkor gewandt, fragte er: ›Gab es Fahrzeuge und gibt es sie noch? Kannst du das über die Einrichtung des Zentrums herausfinden?‹

Nanghkor verneinte. ›Die Verbindung zu diesen Bereichen muß vor langer Zeit zerstört und nie mehr repariert worden sein.‹

›Dann müssen wir eben selbst nachsehen. Weißt du wenigstens, wie wir dorthin gelangen?‹

Nanghkor machte eine bestätigende Geste.

›Dann schalte das hier aus, und laß uns keine Zeit mehr verlieren! Ich stimme Huxley zu, daß wir zunächst unsere persönliche Situation entschärfen sollten, bevor wir Rätsel zu lösen versuchen, die schon seit Äonen warten und auch noch ein paar Tage oder Monate länger ihrer Aufklärung harren können!‹

Das Hologramm erlosch.

Nanghkor übernahm erneut die Führung.

Eine Stunde später wußte Huxley nicht, ob die beiden Nogk angesichts ihrer Entdeckung auf dem Weg zu den Hangars im gleichen Maße verblüfft waren wie er.

Über das Implantat registrierte er nichts, was ihm diesbezüglich Aufschluß gegeben hätte, und die insektenähnliche Physiognomie ließ sich allzu leicht mißdeuten.

Möglicherweise war der Anblick für Charaua und Nanghkor aber auch bei weitem nicht so überraschend wie für ihn. Er selbst jedenfalls war wie gebannt von dem, was dieser Raum für sie bereithielt, auch wenn es ihn auf eine schwer beschreibbare Art auch erschreckte, fand er es andererseits doch so interessant, daß er nichts anderes tun konnte, als weiter fasziniert darauf zu starren.

Dabei war ihre Entdeckung im Grunde nichts wirklich Besonderes, reduzierte man sie auf das, was sie auf den ersten Blick zu sein schien: eine Flamme.

Daß mehr dahintersteckte, erschloß sich dem Betrachter jedoch spätestens auf den zweiten Blick, denn diese senkrechte Flamme verbreitete kein wie auch immer geartetes Licht, nicht strahlende Helligkeit und nicht dunkles Glosen. Sie brannte einfach... *schwarz*!

Huxley fiel nichts Treffenderes ein, um dieses Phänomen zu beschreiben. Ihm war, als müßte sein Geist, um das zu begreifen, was seine Augen ihm vermittelten, sämtliche überhaupt verfügbare Kapazität einspannen. Er konnte kaum noch einen darüber hinausgehenden klaren Gedanken fassen. »Das ist – unglaublich!« entfuhr es ihm.

›Ich habe so etwas auch noch nie gesehen‹, gab Nanghkor zurück.

›Keine Nogk-Technik von damals?‹ fragte Huxley.

›Auf keinen Fall!‹

Die Unwirklichkeit des Phänomens erinnerte vage an die Negativdarstellung einer Flamme, bei der Hell und Dunkel miteinander vertauscht worden waren.

Die Schwärze lohte in der Mitte des Korridors gut drei Meter hoch und glich einem gähnenden Abgrund, dessen Ränder fortwährend zerfransten. Die Quelle, die diesen Effekt speiste, war nicht zu lokalisieren. Die ›Flamme‹ tanzte einfach nur träge unmittelbar über dem Boden und *leuchtete* dabei auf ganz eigene, unerklärliche Weise!

Ihre tropfenförmige Aureole fraß sich lautlos ins normale Licht der Umgebung und erzeugte eine Düsternis, die der Flamme beinahe etwas Greifbares verlieh.

Wenn die beiden Nogk ähnlich wie Huxley empfanden, wurden sie ihrer Überraschung jedenfalls leichter Herr. Fast synchron setzten sie sich links und rechts von ihm in Bewegung. Mit vorsichtigen Schritten gingen sie auf das Phänomen zu, über das auch die anzugsinternen Geräte so gut wie keine Angaben machten.

Huxley unterdrückte einen Fluch. ›Wir sollten vorsichtig sein.‹

Charaua und Nanghkor schienen ihn nicht wahrzunehmen. Zumindest ließen sie sich nicht aufhalten.

Auch Huxley ging auf die flammende Schwärze zu. Er scheute selten eine Gefahr, wenn er den Einsatz lohnenswert fand – und hier ging es darum, an diesem vielleicht nur visuell existierenden Phantom vorbeizukommen, um eine Möglichkeit zu finden, Abschied von diesem gottverlassenen Asteroiden zu nehmen. Von diesem Pulverfaß, dessen Lunte vielleicht durch irgendeine Unachtsamkeit neu entfacht werden konnte...

Je geringer die Distanz zu der Flamme wurde, desto mehr Details registrierte Huxley. Von nahem gesehen kam es ihm vor, als würden dunkle, beinahe schon materiell wirkende *Dinge* aus der Flamme herausgreifen, um die Kraft des Lichts ringsum an sich zu reißen.

Als Huxley nahe genug war, fielen ihm auch die strudelartigen Bewegungen darin auf, als würde sich eine amorphe schwarze Masse unablässig drehen. Und das Wabern der Flamme darüber schien dem Rhythmus dieser Bewegungen vage zu folgen.

Charauas ausgestreckter Arm stoppte Huxley.

›Was ist?‹ fragte er ungehalten.

›Warte‹, teilte der Nogk mit. ›Bleibt erst einmal zurück. Ich werde mir die Sache ansehen. Es genügt, wenn sich einer in Gefahr begibt!‹ Charaua trat selbst noch einen weiteren Schritt darauf zu.

›Meine Instrumente‹, informierte er die Zurückbleibenden, ›ermitteln immer noch nichts Brauchbares. Ich gehe noch näher...‹

Das tat er auch, und zwei Sekunden später riß er sie alle mit sich ins Ungewisse!

Huxley fühlte sich schon kurz vor Eintritt des Ereignisses gewarnt, ohne allerdings zunächst zu begreifen, wodurch. Irgendwo in seinem Hinterkopf begann eine Alarmglocke zu schrillen – und erst nachträglich wurde ihm die Ursache bewußt.

Das schwarze Wabern hatte sich verändert; nur um eine Nuance.

Es war plötzlich weniger gleichmäßig, eine Spur hektischer, als wäre es etwas Lebendiges, das aus immer gleichem Trott aufgeschreckt worden war...

Von wem?

Von Charaua?

Hatte der Nogk eine imaginäre Schwelle übertreten – die Grenzlinie dort, wo das schattenhafte ›Leuchten‹ der Flamme und das Normallicht aufeinandertrafen?

Charauas vielleicht entscheidender Schritt und Huxleys Beobachtung desselben beanspruchten nicht mehr als eine Sekunde.

In der nächsten schien die brennende Schwärze schon auseinanderzubersten!

Die wabernde Flamme in der Raummitte schien sich aufzublähen und wie ein monströses Herz zu pulsieren.

Dann – spie sie etwas aus!

Vorhin hatte Huxley zu erkennen geglaubt, daß dunkle Verästelungen aus der Schwärze herausgriffen. Jetzt sah er diese Annahme bestätigt. Die materiellen Schatten vermehrten sich plötzlich rasend, wucherten nach allen Seiten und verflochten sich miteinander. Zu einem Netz, das wie von unsichtbaren und sehr geübten Händen geworfen wurde – in Richtung der Eindringlinge!

Noch im Flug schien sich das Netz zu weiten, so daß der Versuch zu entkommen auch dann aussichtslos gewesen wäre, wenn sie zu einer entsprechenden Reaktion fähig gewesen wären.

Doch die Überraschung lähmte die Nogk wie auch den Terraner.

Die Maschen senkten sich über sie, und das Licht um sie herum starb, als würde es von dem Schattennetz verzehrt!

Dann zog es sich zusammen, verurteilte seine Opfer zur Bewegungslosigkeit und schleifte sie auf die schwarze Lohe zu.

In sie hinein!

Huxley erwartete trotz der Kühle der Flamme, darin zu verbrennen.

Statt dessen...

Auf körperlicher Ebene war es, als hätte jemand versucht, ihn bei lebendigem Leib zu zersägen.

Huxley hatte das Gefühl, als wäre seine Physis regelrecht auseinandergepflückt und nicht mehr ganz paßgenau wieder zusammengefügt worden.

Die Qual seiner Psyche war noch weitaus höllischer.

Huxley fühlte sich auf eine Weise bloßgestellt und seiner intimsten Geheimnisse beraubt, die ihn fast den Verstand kostete.

Als tasteten unzählige Augen über sämtliche Gedanken und Erinnerungen, die er im Laufe seines Lebens gespeichert hatte!

Er hatte kaum wahrgenommen, wie das Netz ihn gefangen und fortgezerrt hatte – dafür hatte er etwas in der kalten Schwärze der Flamme erspürt, was er im nachhinein aber nicht mehr benennen konnte...

Und dann war es – so plötzlich wie es begonnen hatte – überstanden.

Beinahe zumindest.

Im Reflex hatte er sich, kaum daß die Finsternis wohltuendem Licht gewichen war, aufrichten und umsehen wollen. Es blieb bei diesem Wollen. Er fühlte sich schwach, zu schwach, um auch nur einen Finger zu rühren.

»Verdammt«, stöhnte er, vor dem erbärmlichen Klang seiner eigenen Stimme schaudernd.

Er atmete tief und gleichmäßig durch, um die aufwallende Übelkeit zurückzudrängen. Zugleich half es ihm, seinen vor Schwäche schattenumflorten Blick zu klären. Beides klappte besser und schneller, als er gehofft hatte, und endlich fand er die Kraft, den Kopf zu heben und sich hastig umzuschauen.

Charaua und Nanghkor entdeckte er in fast unmittelbarer Nähe, und auch die schwarze Flamme war ihm, trotz ihrer Fremdartigkeit, vertraut. Alles andere jedoch...

»Wo sind wir da bloß hingeraten?« keuchte Huxley.

›Gute Frage‹, gab Charaua zurück, sich ebenfalls umsehend. Er und Nanghkor waren von dem vergewaltigenden Prozeß, den sie durchgemacht hatten, offenbar weit weniger mitgenommen als Huxley, denn sie hatten sich bereits erhoben.

Huxley riß sich zusammen und machte sich daran, gleichfalls auf die Beine zu kommen. Es gelang ihm ohne die befürchteten Mühen. So hart ihn die Schwäche eben auch erwischt und schier niedergeschmettert hatte, so rasch verflüchtigte sie sich nun auch wieder.

Neben den beiden Nogk entdeckte Huxley ringsum nur

eines, das ihm bekannt vorkam: die schwarze Flamme.

Auch hier kam sie ihm so finster vor, als handele es sich um ein Fenster in die sternärmsten Tiefen des Weltalls. Ruhig und gleichmäßig waberte sie ein paar Schritte entfernt – gerade so weit, daß ihre schattenhafte Aureole weder den Terraner noch die Nogk auch nur streifte –, und nichts wies darauf hin, daß sie sich eben noch wie ein monströses, gieriges ›Wesen‹ gebärdet, drei ›Opfer‹ verschlungen – und offensichtlich wieder ausgespien hatte.

Es stellte sich einzig die Frage, ob es sich bei der lohenden Schwärze hier um dieselbe handelte, die Huxley und die Nogk vorhin – *wie lange ist das her?* fragte sich der Terraner. *Wie lange waren wir in dieser Schwärze gefangen?* – gefunden hatten.

Unwahrscheinlich, befand Huxley, denn – ihre Umgebung war nicht mehr dieselbe wie zuvor!

Alle nur vorstellbaren Schattierungen von Grün waren um sie herum vorherrschend, durchsetzt mit allen möglichen Brauntönen. Ganz so, wie Huxley es von jedem anderen Dschungel kannte...!

Denn in einen solchen hatte es sie – auf welchem Wege auch immer – verschlagen!

So weit das Auge reichte, wucherte die Vegetation in einem Maße, daß Huxley unweigerlich vage Beklemmung verspürte. Keine der Pflanzen vermochte er zu identifizieren, was aber schlicht daran lag, daß er sich noch nicht einmal für die Flora der Erde sonderlich interessiert hatte. Dennoch schien ihm jedes einzelne Gewächs hier absonderlicher als jedes, das auf Terra sprießen mochte. Die Pflanzen dieses Urwaldes waren gigantisch, beinahe erschienen sie ihm monströs, und trotzdem es hier und da farbenprächtig blühte, konnte er keinen Sinn für die fremdartige Schönheit entwickeln. Er fühlte sich einfach nur unwohl – fast schon bedroht...

Er und die Nogk waren inmitten einer Lichtung ›gelandet‹, für deren Entstehen durchaus die schwarze Flamme verantwortlich sein konnte. Die substanzlose Schwärze wuchs in ihrem Zentrum empor, und irgend etwas von ihr Ausgehendes mußte den Pflanzenwuchs im Umkreis an allzu üppiger Entfaltung gehindert haben.

Nun, nachdem Huxley seine Überraschung halbwegs verdaut hatte und klare Gedanken fassen konnte, glaubte er auch zu wissen, oder wenigstens doch zu ahnen, wie sie hierher gelangt waren. Schloß er das Schattennetz, das die andere (?) Flamme produziert hatte, sowie seine Eindrücke, nachdem sie von der Schwärze aufgesaugt worden waren, in seine Überlegungen mit ein, kam er sogar zu dem Schluß, daß es gar nicht anders sein konnte.

Trotzdem lagen noch Zweifel in seiner entsprechenden Bemerkung: ›Diese Flamme‹, er sah Charaua an und wies mit einer Kopfbewegung zu der wogenden Schwärze hin, ›ist eine Art Transmitter, nicht wahr?‹

›So hat es den Anschein‹, erwiderte der Nogk, beinahe leichthin. Ihn schien das Geschehen in der Tat nicht allzu sehr zu beeindrucken. Er war sichtlich darin vertieft, seinem Anzug-Instrumentarium Ergebnisse über ihre Umgebung zu entlocken.

Nanghkor hatte sich derweil ein Stück entfernt. Scheinbar nahm er die Vegetation an den Rändern der Lichtung näher in Augenschein.

›Alles in Ordnung‹, signalisierte Charaua nach einer Weile.

Huxley beobachtete, wie der Nogk seinen Helm öffnete und im Nacken zusammenfaltete.

›Atembare Luft‹, erklärte er.

Der Terraner – wie auch Nanghkor, der sich mittlerweile noch ein wenig weiter von ihnen abgesetzt hatte – folgten seinem Beispiel. Im ersten Augenblick, da er ungefilterte Luft atmete, fühlte Huxley sich von ihrer Würze beinahe betäubt. Eine Vielzahl undefinierbarer Düfte vermengte sich zu einer betörenden Mixtur, und diese nach ein paar Sekunden durchaus angenehme Wahrnehmung machte ihm den Dschungel gleich um eine Spur sympathischer.

›Dieses Lüftchen in Flaschen abgefüllt und verkauft, damit ließe sich daheim auf der Erde ein Geschäft machen‹, meinte er scherzhaft.

Charaua warf ihm einen seltsamen Blick zu.

Der Terraner winkte ab. ›Schon gut.‹ Dann wurde er sich übergangslos wieder ihrer lage bewußt: ›Hast du eine Vorstellung, wo wir uns hier befinden?‹

Huxley hegte durchaus selbst eine solche Ahnung, aber er stellte sich unwissend, war sich jedoch nicht ganz sicher, weshalb er es tat. Vielleicht war es ein unterbewußter Versuch, den Nogk aus der Reserve zu locken.

Charaua bestätigte Huxleys Verdacht: ›Es könnte der Planet sein, den wir über die visuellen Systeme der Asteroiden-Station sahen. Der offenbar einzige Planet dieses Systems...‹

Huxley nickte lahm. ›Mag sein. Aber es erklärt noch immer nicht, warum es uns hierher verschlagen hat – und schon gar nicht *wie*.‹ Er wies mit dem Daumen auf die schwarze Flamme in der Lichtungsmitte und sah mit Mißtrauen und Unbehagen hin. ›Hast du etwas Ähnliches schon einmal gesehen – oder gar *erlebt*?‹

Charaua verneinte.

›Du scheinst mir die Dinge ein bißchen *zu* gelassen hinzunehmen‹, sagte Huxley ihm auf den Kopf zu. So wie er erwartete, daß man ihm gegenüber ehrlich war und frei heraus sprach, hielt er es selbst im Umgang mit anderen – sofern ihm Diplomatie oder auch nur bloße Vorsicht kein anderes Verhalten diktierten. Charaua gegenüber jedoch wollte er fortan keinerlei Geheimnisse mehr hüten. Womöglich konnte der Nogk selbst unterschwelligstes Mißtrauen spüren, nicht zuletzt durch das Implantat, das ihm in die Brust eingesetzt worden war. Sollte ein etwaiger Vorbehalt Charauas sich darauf gründen, wollte Huxley ihm diesen Grund entziehen.

›Ich habe schon viele Arten der Transition kennengelernt. Deshalb können neue mich nicht erschrecken‹, erwiderte der Nogk.

Das mochte die Erklärung sein – ebensogut konnte es *eine* von *vielen* möglichen sein... Huxley fluchte stumm über seine neuerlich aufflackernden Zweifel.

Er wies mit unbestimmter Geste in die Runde.

›Wir sollten wohl versuchen, wenigstens zu erfahren, wo wir uns befinden.‹

Charaua stimmte zu. ›Ja, sehen wir uns –‹

Nanghkors telepathischer Ruf erreichte und alarmierte sie beide zugleich.

›Seht!‹

Synchron wandten sie sich in seine Richtung. Er stand am jenseitigen Rand der Lichtung und deutete auf eine Stelle inmitten des wuchernden Grüns, etwa eine halbe Körperlänge über seinem Kopf.

Was er ihnen zeigte, hätten sie vielleicht nur Momente später selbst entdeckt, wenn sie damit begonnen hätten, sich genauer umzuschauen.

Eine Art Dorn ragte dort aus einem regelrechten Filz aus Flechten und Schlingpflanzen. Eine dunkle Patina ummantelte das vorstehende Gebilde, und es fiel wohl nur deshalb auf, weil ein Teil dieser Alterskruste abgeplatzt war. So brach sich auf dem blanken Metall einer der wenigen Sonnenstrahlen, die ungehindert durch das Dach aus ineinander geranktem und verflochtenem Ast- und Blattwerk hoch über ihren Köpfen fielen, und rief ein gleißendes Blitzen hervor, das in dieser Kulisse unweigerlich ins Auge fallen mußte.

Trotzdem war es nicht das, worauf Nanghkor die beiden Begleiter eigentlich hinweisen wollte.

Die schimmernde Metallnadel öffnete ihnen lediglich den Blick auf etwas ganz anderes. Denn sie war nur winziger Bestandteil eines sehr viel gewaltigeren, geradezu überwältigenden Ganzen: Kantig und aufgegliedert in eine Unzahl bizarrer Formen zeichnete sich etwas unter dem Pflanzenwuchs ab, als läge es unter einem bräunlichen Tuch verhüllt.

Ruinen eines gigantischen Bauwerks!

14.

Im allerersten Moment fühlte sich Huxley auf die Erde versetzt. Wenn auch an einen Ort, den er nie selbst aufgesucht hatte und nur aus Berichten anderer kannte: in die Urwälder Südamerikas, dorthin, wo einst die Kulturen der Mayas, Inkas und Azteken geblüht hatten. An dortige steinerne Überreste, die von der Vegetation längst zurückerobert worden waren, erinnerte das, was sich ihren Blicken hier darbot.

Und doch wirkte das Hiesige zugleich auch vollkommen anders. Denn die Bauwerke, die hier unter Grün verborgen lagen, schienen weder aus Stein errichtet worden zu sein, noch erinnerten sie in ihrer Architektur und Anordnung an die Hinterlassenschaften antiker Kulturen auf Terra.

Huxley kam es vor, als würde er mit Blicken ein Puzzle zusammensetzen. Stück um Stück erschloß sich ihm das Gesamtbild. Die Pflanzen lagen wie ein Tarnnetz über der Anlage und ließen die darunter befindlichen Konturen entweder ganz unsichtbar werden oder verliehen ihnen neue Gestalt. Meist erst, wenn Huxley seine Blicke auf die weitere Umgebung richtete, gelang es ihm, auch das Dazwischenliegende richtig einzuschätzen.

Obwohl insgesamt kaum Details auszumachen waren, registrierte Huxley doch eines: Was immer es war, das sie hier entdeckt hatten, es war alt – *sehr* alt. Dem Terraner war, als mengte sich ein entsprechender Geruch in die exotische Duftkulisse. Aber das konnte seiner Einbildung entspringen.

Die Höhe des Ganzen ließ sich schwer schätzen, weil Relationsmöglichkeiten fehlten.

›An der höchsten Stelle zweihundertachtzehn deiner Maßeinheiten‹, vernahm er Charauas Meldung. Er hatte Messungen vorgenommen und das Implantat rechnete den Höhenwert für Huxley in Meter um.

Vielleicht sollte ich mir die Zeit nehmen, um mich ein wenig eingehender mit diesem Anzug zu befassen, dachte er, verwarf den Gedanken jedoch gleich wieder. Andere Dinge schienen wichtiger.

›Beeindruckend‹, meinte Huxley, der zu wissen glaubte, wonach Charaua Ausschau hielt. ›Es gibt keine Charakteristika, die Rückschlüsse auf die einstigen Erbauer erlauben‹, stellte er fest. ›Zumindest keine, die sich auf Anhieb erkennen ließen.‹

›Oder keine, die *wir* zuordnen können‹, zeigte ihm Charaua eine Alternative auf.

›Hinweise auf tierische Lebensformen?‹

›Nein‹, antwortete Charaua, ›aber das muß zu diesem frühen Zeitpunkt noch nichts bedeuten.‹

Gemeinsam gingen sie auf den Rand der Lichtung zu, wo sich Nanghkor umsah. Dabei hielt er sich offenbar bewußt vom ›Dunstkreis‹ der schwarzen Flamme fern. Huxley und Charaua näherten sich dem Nogk, wobei sie ebenfalls einen großzügigen Bogen um die wabernde Schwärze schlugen.

Bei Nanghkor angelangt, streckte Charaua die Hand nach dem Wildwuchs aus Flechten aus und zerrte daran, so daß die darunterliegende Wand sichtbar wurde.

Das Material schien, soweit man es aus diesem kleinen

Teil schließen konnte, wie aus einem Guß: fugenlos und spiegelglatt. Huxley war sicher, daß es sich dabei um Metall unbekannter Legierung handelte.

Charaua versuchte, eine entsprechende Überprüfung vorzunehmen – scheiterte aber dem eigenen Bekunden nach.

Huxley wandte sich an Nanghkor. ›Kannst du uns etwas darüber erzählen?‹ Er wies lax mit dem Daumen über die Schulter auf die wuchernde Dschungelwand.

›Ich bin nie hier gewesen‹, entgegnete der Nogk.

Das mußte zwar keine Lüge sein, befand Huxley, aber es war auch keine wirkliche Antwort auf seine Frage.

Bevor er jedoch nachhaken konnte, schaltete sich Charaua ein. So schnell, daß sich Huxley unweigerlich der Verdacht aufdrängte, der Nogk wollte eine Fortführung des Gesprächs zwischen ihm und Nanghkor unterbinden.

›Wir sollten uns trennen‹, schlug er vor.

›Weshalb?‹ Huxley ruckte herum.

›Wenn wir schnell mehr über diesen Ort erfahren wollen, sollten wir effektiver vorgehen‹, erwiderte der Nogk. ›Und angesichts der Größe dieses Komplexes hielte ich es für ausgesprochen uneffektiv, wenn wir zu dritt ein und denselben Bereich untersuchten.‹

›Alleingänge könnten gefährlich werden‹, gab Huxley zu bedenken.

›Ich stimme für Charauas Vorschlag.‹ Nanghkor setzte der aufkommenden Diskussion ein abruptes Ende, indem er sich kurzerhand und entschlossenen Schrittes von seinen Begleitern entfernte.

›Wir halten Kontakt‹, beruhigte Charaua seinen terranischen Freund, worauf dieser stumm den Griff des Blasters fester umklammerte.

›Wir sollten versuchen, einen Eingang zu finden.‹ Charaua wies zu einer Stelle, die etwa zwanzig Schritte entfernt lag. ›Dort drüben gibt es einen Einschnitt, der tiefer in den Ring hineinführen dürfte. Dort werde ich mich umsehen.‹

Huxley nickte zögernd. ›Dann nehme ich mir hier den Rand der Lichtung vor.‹

Charaua legte ihm in ebenso vertraut wie besorgt wirkender Manier eine seiner Hände auf die Schulter. ›Verständige mich sofort, wenn dir irgend etwas auffällt!‹

Daraufhin marschierte er los.

Nanghkor war zwischenzeitlich bereits ihren Blicken entschwunden. Vermutlich war er, wie auch Charaua es vorhatte, in einen der Einschnitte des Bautenrings hineingegangen.

Diese Lücken klafften wie Kerben, die von einer riesigen Axt geschlagen worden waren, in den grünen Wänden und führten schluchtengleich tiefer hinein.

Als Charaua verschwunden war, blieb Huxley noch eine Weile stehen. Er beschränkte sich zunächst darauf, die überwucherten Fronten mit Blicken zu sondieren, als könnte er schon auf diese Weise auf Auffälligkeiten stoßen, die Ideen in ihm keimen ließen, wie er vorgehen sollte.

Die Lichtung, deren Durchmesser Huxley auf etwas über hundert Meter schätzte, war von steilaufragenden Wänden umsäumt. Die wuchernde Vegetation sorgte für teilweise bizarren Schmuck. Wenn man sich dieses Pflanzendekor aber quasi ›wegdachte‹, ließen sich die meisten Formen darunter erahnen.

Huxley entdeckte originelle architektonische Details und... »Aha!« Ein Grinsen überzog sein ledriges Gesicht.

Er glaubte gefunden zu haben, wonach er unbewußt gesucht hatte.

Vielleicht...

Er lief darauf zu.

Fast am jenseitigen Rand der Lichtung erstreckte sich inmitten des Grüns eine relativ gleichförmige Fläche, die etwa fünf auf fünf Meter maß. In Anbetracht der geradezu chaotischen Ideenvielfalt ringsum, würde Huxley hier vielleicht einen Ansatzpunkt zur eigenen Erkundung finden.

Trotz der offenkundig friedlichen Atmosphäre blieb er vorsichtig. Er hatte keine Lust, unschöne Überraschungen zu erleben.

Doch auch weiterhin rührte sich nichts. Nur sein eigener Atem ging nun schwerer als noch vor Minuten. Vielleicht entsprach die Zusammensetzung der Luft doch nicht so ganz den menschlichen Bedürfnissen und kam eher den Nogk gelegen...

Aus der Nähe entdeckte Huxley zwischen dem Pflanzengeflecht wiederum jenes metallartige Baumaterial, das auch hier glatt war.

Gleichzeitig wirkte es auf eine obskure Weise *alt*.

Dieser Eindruck mochte von der dunklen Patina verstärkt werden, konnte aber auch einen ganz anderen Grund haben, der sich Huxleys bewußtem Zugriff entzog.

Was immer sich genau unter dem Bewuchs befand, die Natur hatte es wie in Ketten gelegt. Kreuz und quer zogen sich Stränge von manchmal Armdicke darüber, von denen wiederum unzählige dünnere Verästelungen abzweigten.

Ein regelrechtes Gitterwerk war auf diese Weise entstanden.

Probehalber zog Huxley an einem der dünneren Pflanzenarme. Erfolglos. Das Geflecht klebte wie festgeschweißt an der Oberfläche des künstlichen Objekts.

Huxley sah nur eine Möglichkeit, es zu entfernen...

Einen Moment lang überlegte er noch, ob er Charaua verständigen sollte.

Aber so bedeutsam erschien ihm seine Entdeckung bislang dann doch noch nicht...

Er zog seinen Blaster, trat drei Schritte zurück und zielte auf einen der dickeren Stränge.

Dann drückte er ab.

Der Energiestrahl fraß sich knisternd in das holzige Material. Stinkender Rauch stieg auf. Schließlich brach der Strang auf.

Und Huxley begann zu schreien!

Irgend etwas drang aus der Bruchstelle des Pflanzenstrunks!

Huxley hatte den Eindruck, er hätte eine Art Leitung beschädigt und als würde nun aus dem Leck strömen, was auch immer darin fließen mochte.

Aber so war es nicht.

Eine dunkle Wolke formte sich zwischen ihm und der bewachsenen Fläche, wurde immer größer und – bedrohlicher!

Endlich erkannte Huxley, was in scheinbar nicht mehr versiegender Menge aus dem Pflanzenarm kam: Insekten!

Details konnte er in dem Gewimmel unmöglich erkennen, die Zahl der käferartigen Leiber nicht einmal annähernd schätzen.

Aber das war auch nicht erforderlich, nicht von Belang!

Irgendwie schaffte er es gerade noch, den Helm zu schließen.

Lediglich eine Handvoll der schwirrenden Flügelbiester hatte ihn bis dahin erreicht und kroch wimmelnd über seinen Raumanzug.

Dann hatte ihn auch das nachströmende Heer der Insekten erreicht und hüllte ihn vollständig wie die Miniaturausgabe einer schwarz brodelnden Gewitterwolke ein!

Huxley feuerte seinen Blaster blind ab. Der grelle Blitz fraß eine Schneise in den Schwarm, die sich jedoch umgehend wieder schloß, da der Nachschub aus dem zerstörten Pflanzenstrang unerschöpflich zu sein schien.

Um sich der Insektenwolke außerhalb des Anzugs zu erwehren, wäre es sicher am besten gewesen, sich nicht zu rühren. Womöglich hätten die Biester dann von ihm abgelassen. Aber er konnte einfach nicht stillhalten.

Warum baute sich in dieser Situation nicht das Schutzfeld auf, fragte sich Huxley, das er vom Asteroiden her kannte?

Seine Bewegungen erlahmten. Immer schwerer fielen ihm die Bewegungen, seit die Traube aus Insekten an ihm klebte. Als hätte sich die Schwerkraft des Planeten plötzlich verdoppelt...

Als sich eine kurzzeitige Lücke im Insektengewimmel auf seinem Helm bildete, sah er es!

Er betrachtete den hochgerissenen rechten Arm und stellte fest, daß sich die Farbe des dortigen Anzugmaterials verändert hatte.

Erst bei näherem Hinsehen erkannte Huxley den Grund: die zähe, graugrüne Schicht, die sich darauf gebildet hatte – und die merklich verhärtete.

Erstarrte!

Die Insekten mußten irgendein Sekret absondern, in das sie ihr Opfer einzuzementieren versuchten. Irgendwann (bald!) würde Huxley in dieser Kruste zur völligen Bewegungsunfähigkeit verurteilt sein.

Er mußte nach Charaua rufen!

Aber bevor er dazu kam, bildete sich vor seinem Helmvisier eine Art monströse, instabile Klaue, die – Huxley erkannte es mit Grauen – ebenfalls aus einzelnen Insekten zusammengesetzt war!

Sie hatten sich zusammengeballt, Tausende von ihnen, hatten sich mit ihren Gliedmaßen ineinander verhakt, so daß sie eine unmöglich erscheinende Einheit bildeten, die von kollektivem Instinkt gelenkt wurde.

Und jetzt schien diese ›Klaue‹ nach Huxleys Helm zu greifen, um... um ihn zu öffnen?!

»Nein«, keuchte er, *»nein...!«*

Verbissen schlug er nach der schwarzen Kralle, brachte sie für einen Augenblick scheinbar aus dem Konzept, doch kurz darauf formierte sie sich neu.

Huxley wollte zurückweichen, aber sein Anzug war schon fast überall in den starren Kokon gehüllt.

Er stürzte.

Im Fallen glaubte er Charaua in seiner Nähe zu erkennen. Der Nogk war zurückgekehrt?

Doch Huxleys Erleichterung über das Auftauchen des Freundes wich purem Entsetzen.

Denn der Nogk richtete seinen Blaster auf Huxley und –

»Bist du wahnsinnig?« brüllte Huxley.

Charaua antwortete, indem er schoß!

Ein Leuchten flammte zu Huxley herüber und traf ihn. Der Terraner verspürte ein vages Kribbeln wie von Elektrizität.

Dann wich die Insektenwolke unvermittelt von ihm, weil sich – endlich! – der anzugeigene Schutzschirm aktiviert hatte!

Huxley atmete tief durch. Offensichtlich verhielt es sich so, wie er auf dem Asteroiden einmal kurz vermutet hatte: Der Körperschild reagierte selbsttätig auf Gefahr durch Fremdenergie, und so hatte Charauas schwachdosierter Blasterschuß ihn aktivieren können...

Noch im Liegen hielt Huxley nach den Insekten Ausschau. Sie waren verschwunden, aus der verletzten Pflanze strömten keine mehr nach.

Langsam richtete er sich auf. Die Energie des Schildes hatte auch die Sekrethülle gesprengt, so daß er sich nun wieder ungehindert bewegen konnte.

Er trat zu Charaua. ›Ich hätte ihnen nicht geschmeckt. Trotzdem: Du bist gerade noch rechtzeitig gekommen – danke!‹

Charaua überging Huxleys Äußerung und erklärte statt dessen: ›Komm mit. Ich muß dir etwas zeigen, was ich entdeckt habe...‹

Der Nogk setzte sich bereits in Bewegung. Huxley folgte ihm, warf aber immer wieder mißtrauische Blicke über seine Schulter, als fürchtete er die Rückkehr der Insekten.

Was immer das grünbraune Geflecht des Dschungels noch an unliebsamen Überraschungen verbergen mochte, einstweilen wahrte es wieder den Anschein trügerischen Friedens.

›Worum handelt es sich bei deiner Entdeckung?‹ fragte Huxley.

Der vorausgehende Nogk hob nur die Hand. Ein Zeichen, mit dem er den Terraner hieß, Geduld zu üben.

Dann zeigte Charaua auf eine Lücke im Grün, so schmal, daß er selbst die überwucherten Wände links und rechts fast mit den Schultern berührte. Huxley blieb seiner kleineren Statur wegen mehr Spielraum.

Die allgegenwärtige Vegetation hatte auch diese Schneise nicht völlig ausgespart. Der Bewuchs reichte nur nicht so hoch, hielt dafür aber etliche Stolperfallen bereit.

Huxley kam im Gegensatz zu dem trotz seiner Größe agileren Charaua nur schleppend voran.

Zu beiden Seiten ragten steile Gebäudeflanken so hoch auf, daß der Himmel über ihren Köpfen sich nach einiger Zeit auf einen schmalen Streifen Helligkeit reduzierte. Der Grund der künstlichen Schlucht war düster, wodurch es vor allem Huxley noch zusätzlich erschwert wurde, Hindernissen auszuweichen.

Während sie weiter dem schmalen Pfad folgten, fand Huxley Spuren, die darauf hindeuteten, daß Charaua bei seinem vorherigen Erkundungsgang den Weg mit dosierten Schüssen bereits etwas geebnet hatte.

Hie und da gab es auch verkohlte Pflanzenstrünke, dennoch schien Charaua, im Gegensatz zu Huxley, keine ›schlafenden Hunde‹ aufgeweckt zu haben. Offenbar lauerten nicht überall in dieser Wildnis die gleichen Gefahren...

›Hier ist es‹, unterbrach der Nogk Huxley in seinen Überlegungen.

Charaua war so abrupt stehengeblieben, daß Huxley fast gegen ihn stieß.

›*Deshalb* scheuchst du mich durch die Landschaft?‹ Huxley blickte an Charaua vorbei auf die dichte Wand aus

Pflanzengestrüpp. Wie ein grünbrauner, in der Bewegung erstarrter Wasserfall verwehrte sie ihnen den Weitermarsch.

›Nein. Sieh dorthin!‹

Der linke Arm des Nogk tauchte in das Gewirr herabhängender und ineinander verwobener Schlingpflanzen und drückte es wie einen Vorhang beiseite.

Huxley trat einen Schritt an seinem Gefährten vorbei und sah endlich, was dieser entdeckt hatte.

Hinter dem Pflanzenvorhang endete die enge Schlucht. Die Wänden knickten nach beiden Seiten in stumpfen Winkeln ab und öffneten sich zu einer Art Innenhof. Der Durchmesser betrug schätzungsweise hundert Meter. Die Wände ringsum stiegen weniger hoch empor als entlang des Pfades.

Huxley erinnerten die Wandungen der Bauten um sie herum an Dachschrägen, die mit vielen Giebeln unterschiedlichster Form besetzt waren. Unter der Pflanzendecke, die auch hier jeden Flecken erobert hatte, wirkten sie weniger kantig, als sie es tatsächlich sein mochten.

Das alles jedoch interessierte ihn nur am Rande. Sein Hauptaugenmerk richtete sich auf die offene Fläche – oder vielmehr auf jene Dinge, die aus ihr herausstachen.

Die Auswüchse – ihre Zahl lag bei mindestens zwei Dutzend – erreichten eine Höhe von rund drei Metern. Durch die pflanzliche Ummantelung erinnerten sie an moosbedeckte, schroffkantige Obelisken.

Huxley brauchte nicht lange zu rätseln, was diese merkwürdigen Erhebungen einmal dargestellt hatten. Charaua mußte bereits vorher einen davon teilweise von seinem Bewuchs befreit haben. Darunter trat etwas Hellgraues zutage, das Huxley im ersten Moment für Stein hielt. Erst als er näher herantrat, stellte er fest, daß es sich um eine Kunststoffverbindung handelte. Das Material schien überaus robust zu sein.

Huxley streckte die Hand aus, stoppte die Bewegung allerdings, bevor er das Objekt berührte. Er warf Charaua einen fragenden Blick zu.

›Nur zu‹, forderte der Nogk ihn auf. ›Nach meinem Dafürhalten besteht keine Gefahr.‹

Huxleys Finger glitten über die Oberfläche des wie Stein aussehenden Stoffs. Er spürte eine fast angenehm zu nennende Wärme, allerdings von anderer Art, als eine Erwärmung durch die Sonne sie hervorgerufen hätte. Die Temperatur schien aus dem Innern des Gebildes zu kommen.

Währenddessen ließ er seine Blicke weiter in die Höhe wandern. Auch wenn die Oberfläche wie poliert wirkte, war sie doch von zahllosen Erhebungen unterschiedlicher Größe übersät. Zudem klafften Risse und Sprünge darin.

›Worum handelt es sich deiner Meinung nach?‹ fragte er Charaua.

›Du hast wirklich keine Vorstellung?‹

Huxley zuckte die Schultern. ›Ich bin nicht sicher‹, antwortete er, während er etwas zurücktrat, um das säulenartige Gebilde insgesamt in Augenschein zu nehmen. ›Ich wäre versucht zu sagen, es könnte sich um ein Standbild handeln‹, meinte er dann. ›Allein die Größe legt diesen Schluß nahe. Allerdings stellt dieses Objekt nicht das geringste dar – zumindest nichts, was ich erkennen könnte.‹ Er grinste schief. ›Auf Terra würde man aber gerade das als Kunst bezeichnen...‹

Charaua ging nicht auf Huxleys Sarkasmus ein.

Legte man den Maßstab des ›Obelisken‹ großzügig aus,

mochte er grobe Ähnlichkeit mit dem Torso eines Hominiden aufweisen, den jemand auf einen Sockel gestellt hatte. Einzelheiten, die diesen Eindruck unterstrichen hätten, waren aber beim besten Willen nicht zu erkennen.

Charaua sandte dem Terraner einen zustimmenden Impuls. ›Es könnte irgendwann einmal eine Statue gewesen sein.‹ Seine Hand machte eine Geste, mit der er die übrigen, noch unter Dickicht verborgenen Säulen einbezog. ›Aber die Unkenntlichkeit kann nicht nur auf normale Verwitterung zurückzuführen sein. Das Material wirkt extrem resistent gegen natürliche Einflüsse...‹

Huxleys Blick wechselte von Charaua zu dem Gebilde und wieder zurück. ›Diese Spuren könnten...‹

›...von energetischem Beschuß stammen‹, vollendete der Nogk. ›So sehe ich es auch.‹

›Da die Umgebung keine solchen Spuren aufweist, müßte es bedeuten, daß diese Statuen gezielt zerstört wurden. Warum?‹

›Auch das Wann wäre von Interesse.‹

›Entweder waren es die Erzfeinde deines Volkes selbst‹ mutmaßte Huxley, ›oder deine Vorfahren, die sie damals vielleicht doch besiegt haben, ohne die ultimative Asteroidenbombe zu zünden...‹

›Die Wahrscheinlichkeit ist nicht sehr hoch. Jedenfalls wollte *irgend jemand* verhindern, daß die Figuren künftig erkannt und identifiziert werden.‹

›Haß könnte die Triebfeder gewesen sein, die Bilder des Feindes zu tilgen‹, ergänzte Huxley. ›Der Täter könnte die dargestellten Wesen so sehr gehaßt haben, daß er ihren Anblick nicht länger ertrug...‹

›Vielleicht stellten die Statuen gar nicht unsere Feinde dar, sondern deren Götter‹, sinnierte Charaua weiter.

›Die Motive der Zerstörer könnten trotzdem dieselben gewesen sein‹, beharrte Huxley.

›Wir sollten uns auch die anderen Figuren ansehen‹, schlug Charaua vor. ›Wenn unsere Vermutung stimmt, könnten die Täter von einst irgendwo nicht ganz so gründliche Arbeit geleistet haben.‹

›Einverstanden.‹

Jeder von ihnen wandte sich einem der nahegelegenen Objekte zu, von denen sie annahmen, daß es sich um Statuen handelte.

Unter schwachem Beschuß zerfiel Pflanzengestrüpp. Penetrante Gerüche und Rauch quollen auf, trieben aber auch rasch wieder in einem leichten Wind davon.

Weder Charaua noch Huxley zerstörten die Schlinggewächse vollständig, sondern immer nur soweit, daß sie feststellen konnten, wie die Statue darunter beschaffen war.

Huxley konnte sich seiner unguten Gefühle nicht erwehren. Das Erlebnis mit den unheimlichen Insekten auf der Lichtung war noch zu frisch.

Plötzlich empfing er einen verblüfften Impuls Charauas, drehte sich zu ihm um und sah, wie der befreundete Nogk mit seinem Blaster in eine Richtung zeigte, nicht zielte, ehe er Huxley mitteilte: ›Da... da war ein Wesen! Gerade eben. Ich sah es nur einen kurzen Moment – und es sah mich. Dann wandte es sich zur Flucht!‹

›Ein Wesen?‹ Huxley ging auf Charaua zu. ›Ein Tier?‹

›Vielleicht. Aber ich dachte einen Augenblick lang...‹

›Was?‹

›... daß es bekleidet sei...‹

15.

Wo seid ihr? Was ist passiert? Wer hat euch von hier vertrieben oder gar... vernichtet?

Nachdem sich Nanghkor aus der Sichtweite seiner Begleiter entfernt hatte, sank er regelrecht in sich zusammen. Zuvor hatte er den äußeren Anschein gewahrt, hatte er seine Lüge sehr entschieden vertreten, noch nie seinen Fuß auf diese Welt gesetzt zu haben.

Nun aber...

Lautlos löste sich das Wandsegment unter seinen kundigen Händen auf. Die Türöffnung war nicht für Nogk gedacht, sondern für Wesen, die noch ein gutes Stück größer waren. Nanghkor konnte bequem in den dahinterliegenden Bereich treten, dessen Stille noch erdrückender war als die gespenstische Ruhe der wie ausgestorben daliegenden Stadt.

Über das Zweite System rief er nach seinen Herren.

Aber die, denen er bis in den Tod – und durch ein zynisches Schicksal nun auch noch darüber hinaus – verpflichtet war, schwiegen.

Sie waren fort.

Alle.

Auch ohne bisher Gelegenheit erhalten zu haben, sich einen Überblick über den *ganzen* Planeten zu verschaffen, spürte Nanghkor, daß dieser urbane Komplex exemplarisch für jeden Winkel von Tuumus war.

Tuumus, die Welt der Herren.

Die Welt, von der aus sie ihre Schiffe entsandt hatten, um sich diese und andere Galaxien untertan zu machen, Nester zu bauen, Eier zu legen...

... wie die Nogk, dachte Nanghkor bitter, *nur daß diesen Eiern etwas viel Ausgeklügelteres, Stärkeres, Schöneres entschlüpfte als der Feind, der uralte Feind, dessen Sonnen wir zerstören konnten, aber niemals ihn selbst!*

Die Nogk schienen wahre Überlebenskünstler zu sein, und der Gedanke, daß sie bis in die Gegenwart überdauert hatten, aber die Herren nicht, verursachte Nanghkor ein brennendes Gefühl von Verzweiflung.

Die Hoffnung, an die er sich klammerte, basierte auf der Tatsache, daß die Nogk, in deren Umgebung er erwacht war, *erneut* ihrer Heimat hatten entfliehen und in ein anderes System umziehen müssen.

Zufall konnte das nicht sein.

Sie mußten dahinterstecken!

Zumindest hoffte Nanghkor dies auch jetzt noch. An die Möglichkeit eines aberwitzigen Pechs, das die Nogk verfolgte, nachdem ihre ursprünglichen Kriegsgegner ausgestorben waren, wagte er nicht einmal zu denken.

Zielstrebig durchquerte er das Labyrinth von Gängen, das ihn zu dem rombusförmigen Raum führte, in dem die Herren dieser Stadt, dieses Planeten, einst getagt und... ihm seine letzten Instruktionen gegeben hatten, bevor er ins Reich der Nogk entsandt worden war...

Das Gebäude, durch das Nanghkor sich bewegte, hatte sich verändert. Es wirkte wie eine bloße Attrappe des Bauwerks, das er vor unfaßbar langer Zeit durchschritten hatte. Aber nicht das Alter war daran schuld. Etwas hier war verändert worden. Ganz bewußt, wie Nanghkors Empfindungen zu wissen meinten.

Die Reliefs an den Wänden, die Skulpturen und Bilder der Herren... nichts davon existierte mehr.

Aber es war nicht zerfallen, es war entfernt worden!

Mit jedem weiteren Schritt, den sich Nanghkor seinem Ziel näherte, gewann er mehr die Überzeugung, daß hier eine absichtliche Säuberungsaktion stattgefunden hatte, deren Absicht es gewesen zu sein schien, alle Hinweise, die Rückschlüsse auf Aussehen und Kultur der Herren gestattet hätten, zu beseitigen.

Auch daraus zog Nanghkor zunächst den vagen Trost, die Herren könnten immer noch existieren und sich lediglich – aus welchen Gründen auch immer – anderswo angesiedelt haben.

Aber warum hatten sie nicht einfach den ganzen Planeten zerstört, um ihre Spuren zu verwischen?

Oder... die Sonne?

Statt dessen verbarg sich Tuumus immer noch unter dem gleichen Unsichtbarkeitsschirm wie damals, als die Schlacht gegen die Nogk tobte...!

Als Nanghkor an einer spiegelnden Fläche vorbeilief, zuckte er zusammen. Er haßte sein Äußeres.

Stärker denn je litt er unter dem Wissen, diese an Perfektion nicht mehr zu überbietende Maske ein Leben lang – länger, *viel* länger! – tragen und ertragen zu müssen.

Endlich wich die letzte Tür vor ihm.

Endlich betrat er den Ort, der ihm Antwort und Hoffnung geben *mußte*. Sonst...

Licht flammte auf. Kybernetische Systeme, die nach all der Zeit uneingeschränkt funktionierten, scannten und identifizierten ihn und –

Niemand hörte den Schrei, der wenig später von den Wänden des Raumes hallte.

Den Schrei, der in seiner Verzweiflung etwas beinahe Tierhaftes hatte.

Die Not und Qual eines Wesens, dessen Verstand in den Wahnsinn abdriftete, weil es seine Augen nicht länger vor der unerträglichen Wahrheit verschließen konnte...

Obwohl sie alles daransetzten, das fremde Wesen, das Charaua gesehen haben wollte, ausfindig zu machen, ließen sie Vorsicht walten, so weit es ging.

Die Schlucht zwischen den Gebäudeflanken, die Huxley und Charaua entlang huschten, war deutlich breiter als jene, durch die sie den Innenhof mit den unkenntlich gemachten Statuen erreicht hatten.

Sie konnten bequem nebeneinander gehen und im Auge behalten, was vor ihnen lag. Immer wieder spähten sie dabei auch nach oben, aber dort rührte sich nichts.

Einmal hatte Huxley gemeint, Schritte zu hören. Aber da sie im nächsten Moment beide gelauscht und nichts vernommen hatten, mochte es sich um eine Täuschung gehandelt haben.

Sobald der Pfad einen Knick beschrieb, gaben sie sich gegenseitig Feuerschutz, bereit, beim geringsten Anzeichen einer Gefahr zu schießen.

Hinter einer der Wegbiegungen wurde ihnen dann tatsächlich aufgelauert. Ein archaischer Speer zuckte direkt auf Charauas Brust zu!

Huxley wurde so überrascht, daß er zu keiner Reaktion imstande war. Zumindest nicht rechtzeitig.

Als er endlich den Blasterlauf in Richtung des Fremden schwenkte und abdrücken wollte, wäre es zu spät gewesen, der Speer hätte Charaua bereits aufgespießt –

Hätte.

Wenn die Spitze dieser Waffe nicht eine Handbreit vor der Brust des Nogk innegehalten hätte.

Huxley beglückwünschte Charaua und sich selbst zu den phantastischen Abwehreigenschaften des anzugseigenen Körperschilds...

... bis Charaua ihn wissen ließ: ›Der Schutz hätte versagt – er reagiert auf Hitze und Energie, aber nicht auf primitive Waffen dieser Art!‹

›Aber...‹

›Das Wesen selbst hat es sich anders überlegt. Sieh doch, wie es mich anstarrt...‹

Huxley erzitterte.

Die Gefahr war längst nicht vorbei, dennoch wäre es genauso gewesen, als hätte er einem völlig wehrlosen Gegner in den Rücken geschossen, wenn er in diesem Augenblick seinen weit überlegenen Blaster auf es abgefeuert hätte.

Was, außer Erschrecken, war noch in den fremdartigen Zügen des Wesens zu lesen?

Erstaunen?

Ehrfurcht?

Aber auch... Wut?

Vielleicht alles zusammen. Ganz so, als wäre das Wesen entsetzt und erzürnt über das, was Charaua und Huxley auf der lichten Hoffläche zu tun im Begriff gewesen waren...

Zögernd wich die Kreatur nun wieder zurück, Schritt um Schritt.

Nach drei Metern wirbelte sie schließlich herum, hetzte in grotesk anmutenden Sprüngen davon und stieß dabei seltsam fiepende Laute aus.

Huxley machte keinerlei Anstalten, dem Flüchtenden zu folgen. Und auch Charaua verharrte, wenn auch vielleicht nur, um Huxley Gelegenheit zu geben, die Szene zu verdauen.

›Grundgütiger, was war das?‹ fragte der Terraner schließlich.

Charaua schien die Frage nicht als bloßen Ausdruck von Verblüffung zu erkennen, der sie im Grunde war. Deshalb antwortete er ernst: ›Ich weiß es nicht. Auf Vertreter dieser Spezies bin ich noch nicht getroffen.‹

Huxley winkte ab. ›Das war nicht irgend eine Echse, es sah aus wie... wie ein intelligenter, aufrechtgehender Kleinstsaurier!‹

Charaua konnte darin offenkundig nichts sensationell Erstaunliches erkennen.

Huxley schüttelte den Kopf, aber der irrsinnige Gedanke von vorhin hatte sich tief in ihm verwurzelt: *Vielleicht hätten sich die Giganten der Urzeit auf der Erde ganz ähnlich fortentwickelt, wenn das Schicksal ihnen Zeit gelassen hätte – wenn sie nicht vorher ausgestorben wären.*

›Ich frage mich, weshalb es geflohen ist‹, sagte er schließlich, sich aufs Wesentliche besinnend. ›Immerhin hätte es deiner eigenen Darstellung nach gute Chancen gehabt, dich zu töten.‹

›Irgend etwas hat es erschreckt‹, befand Charaua.

›Ja‹, stimmte Huxley zu. ›Nur – was?‹

›Vielleicht wird es uns das verraten, wenn wir freundlich fragen...‹

Der Nogk wies in die Richtung, in der die Echsengestalt verschwunden war.

›Stopp!‹

Der Nogk hielt Huxley mit ausgestrecktem Arm zurück und trat als erster auf die Fläche, die sie eben erreicht hatten und die wiederum wie ein Innenhof aussah.

Huxley sicherte mit seinem Blaster. Sein Blick huschte von links nach rechts und umgekehrt.

Als er nirgends eine Bewegung ausmachte, trat er ebenfalls aus der Deckung.

›Sieht bewohnt aus‹, stellte er fest.

Charaua bestätigte mit einer Geste.

In der Tat waren rund um den Hof weite Teile der schrägen Gebäudewandungen vom Pflanzenwuchs befreit worden. Allerdings ließen die freigelegten Details keine Schlüsse auf ihre Bedeutung oder Erbauer zu. Ohnehin hatten weder der Terraner noch der Nogk dafür mehr als einen Blick übrig, denn wesentlich interessanter fanden sie etwas anderes.

Die Öffnungen!

Sichtluken und Toren gleich unterbrachen sie an vielen Stellen die Wände. Dahinter lag tintige Schwärze, als könnte das Sonnenlicht keinen Zentimeter weit hinein dringen.

In einem der dunkel gähnenden Löcher entstand mit einemmal Bewegung.

Synchron richteten Huxley und Charaua ihre Waffen darauf.

Konturen schälten sich aus der kompakten Finsternis, und schließlich trat ein Echsenwesen hervor, unbewaffnet und –

Charaua senkte den Blaster und drückte auch Huxleys Waffenhand nieder.

›Keine Gefahr‹, signalisierte er.

Huxley empfand genauso. ›Aber was hat es vor?‹

Das geschuppte Wesen kam auf sie zu. Langsam, zögernd, und es war noch etwas in diesen Bewegungen, das Huxley irritierte.

Die vorderen Gliedmaßen des Geschöpfs waren, wie Huxley schon vorher bemerkt hatte, nicht verkümmert, wie er es von Sauriern kannte, die vor Jahrmillionen auf der Erde gelebt hatten.

Hier handelte es sich um fast schon filigrane und überaus menschlich wirkende Arme, die in vierfingrigen Händen endeten!

Und dieses Wesen vor ihnen hatte die Arme vollbeladen.

›Was will es?‹ fragte Huxley, obwohl er die Antwort längst ahnte.

Etwa zehn Schritte von ihnen entfernt blieb das Echsenwesen stehen. Dann sank es in die Knie und lud ab, was es mitgebracht hatte: Früchte, Wurzeln, schillerndes Gestein...

›Es macht uns Geschenke‹, stellte Charaua fest.

Huxley schüttelte ebenso peinlich berührt den Kopf. ›Schlimmer, es *huldigt* uns. Als würde es uns als Gottheiten verehren...‹

›Uns?‹

›Zumindest einen von uns‹, entgegnete der Terraner.

Das echsenartige Geschöpf neigte, nachdem es seine ›Opfergaben‹ abgelegt hatte, den Kopf und starrte nun reglos zu Boden.

›Fragen wir es‹, meinte Charaua und wollte den ersten Schritt setzen. Aber er verharrte wie eingefroren inmitten seiner begonnenen Bewegung.

Das Echsenwesen konnte ihnen keine Antworten mehr geben.

Niemals wieder.

Ein greller Blitz sengte durch die Luft, quer über den Hof und traf den Sauroiden.

Aufbrüllend hauchte er sein Leben aus und kippte zu Boden.

16.

»Nanghkor?!« Um Huxleys Kehle schien sich eine Hand zu krümmen – aber auch dieses erstickende Gefühl hinderte ihn nicht, den Namen des Mörders hinauszubrüllen, auch wenn es erloschenes Leben nicht wieder zurückbrachte.

›Wie konntest du nur? Wie konntest du das tun? Wir waren nicht mehr in der leisesten Gefahr. Das Geschöpf war harmlos...!‹

›Schweig!‹ Schroff schnitt Nanghkors Mentalstimme in die Sätze, mit denen Charaua den eigenen Artgenossen angriff, während Mensch und Nogk sich fassungslos zu der einheimischen Lebensform hinabbeugten, die nur deshalb tot war, weil Nanghkor sie kaltblütigst umgebracht hatte!

»Er muß den Verstand verloren haben!« Der Terraner verfiel nun immer öfter ins Angloter und beschränkte sich nicht mehr auf die stimmlose Kommunikation. »Er muß...«

Erst jetzt bemerkten sowohl Charaua als auch Huxley, womit Nanghkor auf das Wesen geschossen hatte: Es war nicht mehr der Blaster, mit dem ihn die Meegs ausgerüstet hatten. Seine Waffe unterschied sich schon rein äußerlich dramatisch von der Bewaffnung, mit der sie zu ihrer Expedition aufgebrochen waren.

Plötzlich überkam Huxley ein entsetzlicher Verdacht, den er nicht zögerte, Charaua mitzuteilen. ›Ich glaube, ich begreife. Nanghkor hat gerade die Maske fallen lassen. Er hat uns die ganze Zeit etwas vorgespielt...!‹

Neben Huxley erhob sich Charaua, nachdem klar war, daß sie für Nanghkors Opfer nichts mehr tun konnten.

Und noch während Huxley den Nogk anstarrte, mit dem ihn ein beinahe freundschaftliches Verhältnis verband, mußte er daran denken, ob dieses Wesen, das mit ihnen in Kontakt getreten war, eine Familie besessen hatte. Jemand, der nun um es trauern würde...

»Du Monster!« preßte er hervor und erhob sich ebenfalls wieder zur vollen Größe, um Nanghkor anzusehen. ›Du Ungeheuer!‹

Nanghkor trat vollends aus der Deckung hervor, hinter der er sich versteckt gehalten hatte. Wie lange schon, war im nachhinein unerheblich.

Die sonderbare Waffe zwischen Charaua und Huxley hin und her schwenkend, warnte er: ›Glaubt nicht, euch auf eure Körperschirme verlassen zu können. *Dieser* Waffe sind sie nicht gewachsen.‹

›Du scheinst dich gut damit auszukennen‹, erwiderte Huxley, ohne den Wahrheitsgehalt von Nanghkors Behauptung auch nur eine Sekunde in Frage zu stellen.

›Einst wurde ich daran ausgebildet.‹

›Verräter!‹ fraß sich Charauas telepathische Verachtung selbst in Huxleys Bewußtsein. ›Nie übte ein Nogk am anderen Verrat... Bis heute! Du bist die größte Schande, der ich je ins Gesicht sehen mußte!‹

›Das mußt du nicht mehr lange, denn ich erlöse euch – und mich von den unnützen Strapazen dieser Welt.‹

Nanghkor trat nun noch näher, und Huxley machte einen Schritt auf ihn zu, obwohl er ihm inzwischen alles zutraute, auch daß der Nogk ihn auf der Stelle erschießen würde.

›Stehenbleiben!‹

›Tu, was er sagt.‹ Das war Charaua.

Huxley gehorchte unwillig. ›Wenn er ohnehin vorhat, uns zu töten, spielt es doch keine Rolle, ob jetzt oder in ein paar Minuten. Er soll Farbe bekennen!‹

›Das soll er‹, stimmte Charaua zu, als gäbe es den vernichtungsbereiten, häßlich glosenden Abstrahlpol von Nanghkors Waffe gar nicht. ›Und deshalb ist er uns ein paar Erklärungen schuldig. Ich für mein Teil möchte nicht sterben, ohne die Wahrheit erfahren zu haben!‹

›Die Wahrheit!‹ kommentierte Nanghkor verächtlich. ›Welche Wahrheit meinst du? Es läßt sich mit jeder gleich gut oder schlecht sterben!‹

›Möglicherweise glaubst du das tatsächlich‹, erwiderte Charaua. ›Immerhin hast du den Tod erlebt – du müßtest es also wissen, aus erster Hand. Nenn es Neugierde oder wie immer du willst, aber verrate mir, wie sich alles wirklich zugetragen hat. Was von deiner Geschichte stimmt – und was ist erfunden? Gegen wen kämpften die Nogk hier einst, und was war deine Rolle in jener Schlacht? Bist du der Verräter, die Blutschande, die ich in dir erblicke?‹

›Um ein Verräter zu sein, müßte ich ein Nogk sein – und das bin ich nicht.‹

Huxley wußte nicht, worüber er sich mehr wundern sollte: darüber, daß Charaua den aus dem Totenkegel stammenden Nogk tatsächlich zu einer Aussage provoziert hatte – oder ganz allgemein, daß er immer noch lebte.

Er war sich nie in seinem Leben ähnlich hilflos und ausgeliefert vorgekommen, wie in diesem Augenblick.

Daran, daß dieser Planet – vielleicht das ganze Sonnensystem – ihr Gegner war, hätte er sich gewöhnen können. Aber daß sich Nanghkor ausgerechnet zu einem Zeitpunkt, da Huxley begonnen hatte, ihm zu trauen, als die ärgste und elementarste Bedrohung entpuppte, stürzte ihn vorübergehend in rabenschwarze Depression.

Sein Blick schweifte zu dem toten Sauroiden und den Gaben, die dieser mitgebracht hatte.

Huxley fröstelte unter der Kunsthaut seines Anzugs, die sogar Weltraumkälte abhielt – aber gegen diese Kälte, die von innen kam, nichts auszurichten vermochte.

›Wenn du kein Nogk bist – was bist du dann?‹ vernahm er Charauas Frage.

Nanghkors Rachen entließ ein häßliches Geräusch. Es klang ebenso schroff wie seine telepathische Erwiderung: ›Ein Geschöpf der Herren... Eurer Feinde!‹

›Der Erbauer dieser Stadt?‹ Es war Huxley, der sich einschaltete. ›Derjenigen, die einst dieses furchtbare Massaker im All angerichtet haben und die *Pest* genannt wurden, die Pest zwischen den Sternen?‹

Nanghkor bestätigte ohne Reue.

›Du bist keiner von ihnen – du bist ein Nogk‹, ergriff nun wieder Charaua das Wort. ›Sie mögen dich einer Gehirnwäsche, eine Umerziehung und psychischen Konditionierung unterzogen haben, aber deine Herkunft kannst du nicht verleugnen! Du –‹

›Du verstehst immer noch nicht‹, unterbrach Nanghkor ihn herablassend. ›Ich wurde von ihnen erschaffen – im wörtlichen Sinn. Sie schenkten mir eine Aufgabe und Respekt, und der Gedanke, daß sie ausgelöscht worden sein könnten, ausgemerzt von ganz egal wem, bringt mich schier um! Ich habe das Herz der Stadt betreten und die immer noch funktionierenden Systeme befragen wollen, was geschehen ist. Aber alles, was das Wirken und Verschwinden der Herren betrifft, wurde aus ihnen gelöscht.

Alle Spuren verwischt. Selbst wenn sie noch existierten, es gäbe keine Möglichkeit für mich, sie je zu finden...‹

Die Verzweiflung, die aus Nanghkor hervorbrach, ging Huxley wider Willen zu Herzen.

Er mußte sich zwingen, Nanghkor als den zu sehen, der er war: ihr schlimmster Feind auf dieser Welt!

›Ich verstehe immer noch nicht, welche Rolle du damals gespielt hast‹, wandte er sich an den Nogk, der behauptete, keiner zu sein. ›Die Asteroidenstation bescheinigte dir die Autorisation... Du mußt ein hohes Amt bekleidet haben. Ein...‹

›Das habe ich‹, bestätigte Nanghkor. ›Wie die Herren es von mir erwarteten. Ich mußte viele Hürden nehmen, bevor ich den Rat der Nogk von meinen Fähigkeiten und von meiner Loyalität überzeugt hatte. Aber es lohnte sich. Als der Tag X kam, wurde ich über den Einsatz des künstlichen Asteroiden eingeweiht und bekleidete sogar eine maßgebliche Position auf der Festung, von der aus er gesteuert wurde. So konnte ich meine Herren rechtzeitig vom Plan der Nogk in Kenntnis setzen und sie ihre Vorbereitungen zum Empfang der Asteroidenbombe und der nogkschen Ablenkungsflotte treffen...‹

›Bei uns‹, kommentierte Huxley betroffen, ›nennt man das: den Bock zum Gärtner machen.‹

Niemand ging darauf ein.

Die Schwärze von Charauas Facettenaugen schien noch abweisender zu werden, als er erwiderte: ›Dann trägst du noch größere Schuld, als ich glaubte – dann bist *du* verantwortlich am Tod Abertausender der meinen... Du feiges, niederträchtiges Ungeheuer!‹

›Du kannst mich nicht beleidigen – niemand vermag das mehr. Die einzigen, deren Meinung mir stets wichtig war, sind im Nebel der Zeit verschwunden. Damit hat auch mein Leben seinen Sinn verloren. Mein zweites Leben, das ich ohnehin nie wollte... Nicht von euch!‹

Huxley begriff plötzlich, daß Nanghkor bei seinem Erwachen im *Born der Meegs* vermutlich nicht seinetwegen, sondern bei Charauas Anblick ausgerastet war!

Charaua war Nanghkors Feind – jeder Nogk war das, wenn man die jetzigen Behauptungen des uralten Kriegers für bare Münze nehmen konnte!

›Wer steckte dich überhaupt in den Totenkegel – und unter welchen Umständen bist du damals wirklich gestorben?‹ fragte Huxley, auf Zeitgewinn bedacht und fieberhaft nach einem Ausweg suchend, wie er die tödliche Gefahr, die von Nanghkor ausging, bannen konnte.

›Ich versuchte damals, als die Schlacht bereits in vollem Gange war, mich mit einem kleinen Schiff unter fadenscheinigem Vorwand von der Asteroidenfestung abzusetzen‹, antwortete Nanghkor so bereitwillig, als begänne es, ihm dunkle Lust zu bereiten, seine Schandtaten aufzudekken. ›Zu diesem Zeitpunkt hatte der Asteroid schon die Grenzen des Tuumus-Systems durchstoßen und...‹

›Tuumus?‹

›Der Name dieser Welt und ihrer Sonne.‹

Huxley glaubte, aus den Augenwinkeln eine Bewegung zu erkennen. Aber er vermied es, hinzusehen, um nicht auch Nanghkors Aufmerksamkeit darauf zu lenken.

›Offenbar wurde man mißtrauisch‹, fuhr der Nogk aus der Vergangenheit fort, ›und forderte das Schiff zur Rückkehr auf. Als ich nicht darauf reagierte, begann man, uns zu verfolgen. Das Schiff erhielt schwere Treffer – aber die fünfköpfige Crew hielt mir weiterhin die Treue. Ich konnte sie durch ein Gespinst von Lügen davon überzeugen, mir weiterhin zu vertrauen. Bis zuletzt. Bis sie unter den Salven der Verfolger und dem Enterkommando starben. Genau wie ich starb. Von der Hand eines Nogk! Doch dann... Ich weiß nicht, was dann geschah. In den Wirren der Schlacht muß mein Leichnam mit anderen Toten geborgen worden sein. Von Meegs, die nicht wußten, wessen ich mich schuldig gemacht hatte – und die mich wie einen Helden behandelten. Anders kann ich es mir nicht erklären, daß ich Jahrtausende später auf fremdem Boden wieder einem dieser Kegel entstieg... Niemand wird je klären können, wie alles genau geschah. Vieles bleibt offen: Warum meine Herren eure Flotte zerstörten und sogar eine Transmitterverbindung zwischen Tuumus und dem Asteroiden installierten – aber viel mehr eben nicht. Es sieht aus, als sei unmittelbar nach dem Sieg etwas geschehen, was auch die Herren zur Flucht aus dem System veranlaßte... Aber es ist müßig zu spekulieren. Ich werde Versäumtes korrigieren und das Vermächtnis meiner Schöpfer hier auf dieser Welt für alle Zeiten dem Zugriff anderer entziehen. Ich bin sicher, die Bombe, die sich im Asteroiden verbirgt, ist immer noch intakt. Ich werde zur Festung zurückkehren und sie zünden – und dabei selbst meine Ruhe finden!‹

17.

›Du würdest deinem Wahn und deiner Enttäuschung alles Leben auf diesem Planeten opfern?‹

Huxley richtete die Frage an Nanghkor. Sie beeindruckte ihn nicht. ›Ihr meint die *Piers*?‹ Das Bild des toten Sauroiden erschien kurz vor Huxleys und Charauas geistigem Hintergrund. ›Sie wurden schon von den Herren wie Tiere gehalten – und mehr sind sie auch heute noch nicht. Es wird für sie einer Erlösung gleichkommen, wenn ich die Bombe zünde. Sie stammen ursprünglich von einer ganz anderen Welt. Auch sie sind Heimatlose, die von ihren Fürsorgern zurückgelassen wurden.‹

›Dein Zynismus ist unbeschreiblich!‹ dachte Huxley. ›Jede Mikrobe hier hätte eher verdient zu leben als du!‹

›Beenden wir unseren Streit‹, erwiderte Nanghkor. ›Ich bin müde. Mit meiner letzten Kraft werde ich tun, was zu tun ist...‹

Er straffte sich.

Sowohl Huxley als auch Charaua wußten, was das bedeutete.

›Nein!‹ versuchte der Terraner den Lebensmüden aufzuhalten. ›Von mir aus bring uns und dich selbst um – aber vernichte nicht myriadenfaches Leben! Selbst die, die du als Herren bezeichnest, waren nicht so gnadenlos wie du! Sie haben sich etwas dabei gedacht, den Planeten lediglich unter seinem Ortungsschutz versteckt zu halten. Vielleicht wollen sie eines Tages zurückkehren...‹

›Ihr werdet mich nicht von meinem Entschluß abbringen. Wenn die Herren noch irgendwo existieren, wird es vielleicht genau dieser Donnerschlag sein, den ich hier entfessele, der ihnen einen letzten Gruß von ihrem getreuesten Diener schickt...‹

Nanghkors Finger berührte einen Kontakt an der Waffe, deren Abstrahlpol auf Huxley gerichtet war – und sich eine Sekunde später Charaua zuwenden würde.

Nanghkor *wollte* den Kontakt berühren.

Aber jemand war schneller!

Viele waren es...

Aus mehreren Richtungen hagelten Projektile auf ihn herab, die im ersten Moment primitiv wirkten, weil sie von armbrustartigen Vorrichtungen abgefeuert worden waren.

Aber sie brachten Nanghkor augenblicklich nicht nur ins Wanken, sondern zu Fall. Sie durchschlugen die Hülle seines Anzugs und...

... bewiesen, daß sie mehr waren als einfache Pfeile.

Sie mußten hohl sein, und in ihrem Innern beherbergten sie etwas, was schlimmer wütete, als jedes Pfeilgift.

Insekten!

Andere als die, die Huxley kennengelernt hatte, aber auch sie beherrschten ihr tödliches Handwerk virtuos.

Binnen weniger Sekunden erlahmte Nanghkors Abwehr. Seine anfänglichen mentalen Schreie verstummten, ohne daß er selbst einen einzigen Schuß aus der Waffe hatte abfeuern können, auf die er so große Stücke gesetzt hatte.

Huxley schrie Charaua eine Warnung zu.

Doch der Nogk reagierte nicht. Er dachte nicht daran, von hier zu fliehen, so als wäre auch er des Lebens überdrüssig geworden.

Doch das, womit Huxley rechnete, trat nicht ein. Kein neuer Pfeilhagel setzte auch seinem und Charauas Dasein ein Ende.

Im Gegenteil. Alles blieb so still, als wären der Nogk und er die einzigen noch lebenden Geschöpfe auf der Lichtung. Von den Piers, wie Nanghkor sie genannt hatte – und wer sonst sollte den Tod des Sauroiden in dieser Weise gerächt haben? –, zeigte sich auch im weiteren keiner.

Warum nicht?

Konnten sie so sicher zwischen Freund und Feind unterscheiden, daß sie Huxley und Charaua ungeschoren lassen wollten?

Das hätte ein ethisches Denken erfordert, das unter Umständen sogar dem der Menschen und Nogk überlegen war...

›Verstehst du das?‹ fragte Huxley.

›Nein‹, erwiderte Charaua, ›aber vielleicht müssen wir auch nicht alles *verstehen*.‹ Er zeigte auf Nanghkor, aus dessen durchlöchertem Raumanzug das Heer der Insekten, das zuvor über ihn hergefallen war, nun wieder floh, ohne Notiz von den beiden anderen potentiellen Opfern zu nehmen. ›Wir verschwinden und nehmen ihn mit!‹

›Mitnehmen? Warum?‹

›Er muß mir noch ein paar Fragen beantworten.‹

›Ein Toter?‹

›Tote können mitunter ehrlicher sein als Lebende...‹

Unbehelligt erreichten sie die immer noch lodernde ›Flamme‹. Kein Piers stellte ihnen nach, auch wenn sie manchmal den Eindruck gehabt hatten, von unsichtbaren Gestalten umschlichen zu werden.

Auch in der Asteroidenfestung blieben sie von Attacken verschont. Nanghkors Legitimation, die er auf sie ausgedehnt hatte, als er sich noch einen Nutzen von ihnen versprochen hatte, galt unverändert.

Sie brauchten einen halben Tag, um die Hangars zu finden, in denen auch noch nach so langer Zeit ein paar vereinzelte Fahrzeuge parkten.

Raumschiffe von Charauas Vorfahren.

Nanghkor wurde in dem Schiff verstaut, von dem Charaua nach eingehender Überprüfung am ehesten glaubte, es beherrschen zu können. Ein Systemcheck gab zu Optimismus Anlaß.

Noch am selben Tag öffneten sich die Hangartore, die jahrtausendelang verschlossen gewesen waren.

Charaua steuerte das Schiff, das nur halb so groß war wie die TALLOON, hinaus in den Weltraum – weg von dem Asteroiden mit der künstlichen Schwerkraft – und fort aus dem System, das von hier aus betrachtet aussah, als hätte es nie einen Planeten besessen.

›Wir müssen uns via Hyperfunk rechtzeitig zu erkennen geben, sonst wird die Flotte der Nogk uns sofort unter Feuer nehmen!‹ gab Huxley zu bedenken.

›Ich werde vor der letzten Etappe daran denken‹, versicherte Charaua. ›Wenn du willst, kannst du dich jetzt ein wenig ausruhen – wir werden eine Weile unterwegs sein.‹

Als er dorthin blickte, wo Huxley etwas verloren in einem für Nogk konstruierten Sitz kauerte, hatte der Freund bereits die Augen geschlossen.

18.

Das Schiff materialisierte zwischen den Planetenbahnen zwei und drei des Tantal-Systems.

Schon während des Anflugs auf Nogk II nahm Charaua Funkkontakt zum Sprecher des Rats auf und bat ihn, eine außerordentliche Sitzung einzuberufen, in deren Verlauf er gemeinsam mit Huxley eine Erklärung abgeben wollte, warum Nanghkor den Rückflug nur noch als Leichnam begleitete.

Nachdem er die Zusage erhalten hatte, wandte sich Charaua an seinen terranischen Freund. ›Ich werde meinen ganzen Einfluß geltend machen, damit mein Volk eine besser ausgerüstete Expedition ins Tuumus-System entsendet. Vielleicht können doch noch Spuren sichergestellt werden, die Aufschluß über die Identität des Gegners von damals geben.‹

Von damals... Plötzlich wußte Huxley, warum er während der gesamten Rückreise noch keine Entspannung gefunden hatte. Er mußte dauernd daran denken, wohin und mit welchem Auftrag die FO-1 aufgebrochen war.

In die Region des ehemaligen Charr-Systems.

Zu einer Sonne, die ihre äußeren Schichten abgestoßen hatte und wahrscheinlich zu einem Neutronenstern entartet war...

... als Folge eines natürlichen, im Kosmos immer wieder vorkommenden Prozesses – oder als Resultat eines äußeren Eingriffs?

Huxley gestand sich ein, daß ihn die Erwartung einer Antwort auf diese Frage vermutlich ähnlich zermürbte wie die Nogk, für die sie eine noch existentiellere Bedeutung besaß.

›Gibt es Neuigkeiten von der FO-1?‹

Charaua bejahte. ›Wir werden unmittelbar neben ihr landen. Sie kehrte schon gestern zur Zentralwelt zurück.‹

›Mit welchem Ergebnis?‹

›Ergebnislos‹, erwiderte Charaua. ›Deine eigenen Leute werden es dir sicherlich detaillierter erklären. Du kannst dich auch, wie ich es tun werde, an die Meegs wenden, die den Flug des Terra-Schiffs begleiteten. Zusammenfassend wurde mir nur mitgeteilt, daß weder Erkenntnisse für noch gegen Nanghkors Theorie einer künstlichen Aufheizung gewonnen werden konnten. Die Sternexplosion hat alle Spuren ausgelöscht, sollten je welche vorhanden gewesen sein.‹

Huxley lehnte sich in seinem Sitz zurück. ›Eigentlich war das nicht anders zu erwarten, oder?‹

›Nein. Aber der letzte Planet von Tuumus, die Heimat unseres Feindes von damals, gibt, wie ich finde, zu der Hoffnung Anlaß, daß Nanghkors Andeutungen nur Hirngespinste waren und seiner eigenen Hoffnung entsprangen, an die er sich bis zuletzt klammerte.‹

›Die Hoffnung, seine *Herren* wiederzufinden?‹

Charauas Fühler knickten leicht ein, als deuteten sie eine Verbeugung an. Huxley nahm es als Bestätigung seiner Äußerung.

›Wir haben zwei Tage für den Rückflug gebraucht, Etappenpausen eingerechnet‹, griff er das Thema Nanghkor noch einmal auf. ›Besteht nicht die Gefahr, daß er uns unter den Augen zerfällt?‹

Charauas erwiderte: ›Zwei, auch drei oder vier Tage sind noch keine kritische Spanne. Ab dem siebten Tag kann es stündlich geschehen, daß der Zersetzungsprozeß das komplette Gewebe in eine amorphe Masse verwandelt. Aber vorher... Die Meegs werden Zeit genug haben, festzustellen, ob sie bei ihrer ersten Untersuchung etwas übersehen haben. Und der Rat in seiner Gesamtheit wird entscheiden, wie mit Nanghkors sterblichen Resten verfahren wird. Was immer er uns erzählte – letztlich war er doch nur ein Verräter, dessentwegen ungezählte Nogk ihr Leben lassen mußten! Die Zeit, die seither vergangen ist und das Vergessen über sein Verbrechen gebreitet hatte, mildert die Tat nicht im geringsten!‹

Huxley stimmte Charaua zu.

Als das Schiff landete, warteten die Nogk bereits mit einem Schweber, um Nanghkors Leichnam zu übernehmen.

Noch am selben Tag entschied der Rat nach Anhörung aller Geschehnisse und der Fakten, die Nanghkor selbst auf dem Tuumus-Planeten genannt hatte, den Toten dem natürlichen Zerfall preiszugeben. Eine künstliche Erhaltung seiner Hülle – die letztlich auch das Risiko barg, daß Nanghkor irgendwann in ferner Zukunft noch einmal regeneriert erwachen könnte, wurde einstimmig abgelehnt.

Zwei Tage später lag das Ergebnis der Untersuchung vor, die Nanghkor diesmal bis in die tiefste Zellstruktur hinein durchleuchtet hatte.

Und dieses Gutachten schlug ein wie eine Bombe!

Allem Anschein nach handelte es sich bei Nanghkor um ein *geklontes* Wesen, das nie die natürliche Entwicklung eines Nogk durchlaufen hatte.

Aber das war noch nicht alles.

›Pflanzliche DNS?‹ wiederholte Huxley fassungslos, als der Meeg seinen Bericht fortsetzte. ›Wie, zur Hölle, soll *pflanzliche DNS* in Nanghkors Körper gekommen sein?‹

Der gelbuniformierte Meeg ließ sich durch Huxleys Entgleisung nicht beirren.

›Das wissen wir nicht. Ein solcher Chromosomen-Verbund ergibt in unseren Augen keinen Sinn, aber möglicherweise läßt er eines Tages Rückschlüsse auf den unbekannten Feind von damals zu.‹

Eines Tages.

Huxley blickte zu Charaua.

Und vielleicht dachten sie sich in diesem Moment beide das gleiche:

Es wäre besser, wenn wir es nicht erfahren.

Niemals.

Schlafende Hunde soll man nicht aufwecken!

Zumal, wenn niemand sicher sagen konnte, *ob* sie wirklich schliefen...

Epilog

Zwei Wochen später

Der Schweber jagte zwischen den Reihen der auf Landepolstern ruhenden Eiraumern auf den schlanken Rumpf der FO-1 zu, wo er abrupt zum Halten kam.

Piste und Toweranlagen des gut tausend Quadratkilometer großen Raumhafens gingen ihrer Fertigstellung entgegen – eines von vielen Provisorien, das der nogkschen Vorstellung von Perfektion weichen würde.

Commander Huxley empfing den von Chirra chauffierten Charaua in der Zentrale des terranischen Forschungsraumers.

Außer ihnen beiden waren noch der Erste Offizier Lee Prewitt und Professor Bannard anwesend.

Sonst niemand.

Huxley hatte die übrige Zentralebesatzung angewiesen, sie allein zu lassen und eine Freistunde in der Bordmesse zu verbringen. Er wollte keinen großen Bahnhof bei dem, was er zunächst Charaua und unmittelbar – mit dessen Unterstützung und Fingerspitzengefühl, wie er hoffte – dem gesamten Rat der Nogk mitzuteilen beabsichtigte.

›Wie ich hörte‹, wandte er sich nach einer kurzen, aber freundschaftlichen Begrüßung an den blaugekleideten Charaua, ›ist Nanghkors Körper entgegen aller Prognosen immer noch nicht zerfallen.‹

›Richtig.‹ Ihre Implantate verfielen in das bereits zur Routine gewordene Wechselspiel.

Nur Prewitt und Bannard ließen sich noch vom intervallartigen Aufleuchten und Erlöschen der Auren faszinieren. Sie selbst konnten sich über bereitgestellte eigroße Transformer, die vor ihrer Brust hingen, an der Konversation beteiligen.

›Es muß‹, fuhr Charaua fort, ›mit seiner speziellen Konditionierung zusammenhängen. Vielleicht wird sein Zerfall eher dem euren oder dem sonstiger Säugetiere ähneln – aber vergehen wird er. Daran hege ich keinen Zweifel.‹

Huxley nickte. Dann entschied er sich, zur Sache zu kommen. ›Ich habe schlechte Nachrichten‹, sagte er.

›Das spürte ich schon, als ich deine Aufforderung erhielt, mich hier einzufinden.‹

›Es ist leider eine ganz schlechte Nachricht.‹

›Wann werde ich sie erfahren?‹

Charauas Ironie ernüchterte Huxley. ›Du hast recht. Entschuldige.‹ Er machte eine Handbewegung in Bannards Richtung und erklärte: ›Du weißt vielleicht, daß wir unmittelbar nachdem die Nogk damit begonnen hatten, sich in diesem System einzurichten, auf mein Geheiß hin mehrere Sonden in eine Umlaufbahn um das Zentralgestirn gebracht haben. Professor Bannard und andere Wissenschaftler wollten die Strahlenkomponenten der Sonne erforschen und Risiken für uns Menschen ausschließen. Für Nogk ideale Bedingungen müssen nicht zwangsläufig...‹

Charaua bedeutete ihm mit einem kurzen Impuls, zur Sache zu kommen.

›Eine dieser Sonden hat nun eine Entdeckung gemacht, die uns das Schlimmste befürchten läßt!‹

Huxley räusperte sich unbewußt, obwohl die gesamte Kommunikation bislang rein geistig erfolgte.

›Eine Gefahr für dich und deine Besatzung?‹ Charauas Fühler pendelten wie Halme in einer sanften Brise hin und her.

Dann erstarrten sie jäh.

Huxley hatte verneint und hinzugefügt: ›Für euch! Für dein gesamtes Volk – und für alle Anstrengungen, die es gemacht hat, um sich hier eine neue Heimat zu schaffen.‹

›Werde bitte deutlicher.‹

»Was der Commander sagen will«, mischte sich Professor Bannard in den gespenstisch lautlosen Dialog ein, und seine Worte wurden vom Transformer verständlich gemacht, »ist, daß unsere Sonden einen *fremden* Satelliten in den tiefsten Schichten der Sonnenkorona entdeckt haben – einen Körper, der dort weiß wie lange schon den Gravitationseinflüssen Tantals trotzt!«

Als Charaua schwieg, ergriff nun auch Prewitt das Wort und ergänzte: »Nach allem, was der Rat dem Commander vor Tagen gestattete, seiner Crew über diesen Nanghkor und die Geschehnisse im Tuumus-System preiszugeben, haben wir Anlaß zu der Befürchtung, es könnte sich...«

›... es könnte sich um eine Vorrichtung handeln, die Unbekannte installiert haben, um auch diese neue Heimat der Nogk zu zerstören!‹ vollendete Huxley telepathisch, nachdem Prewitt ins Stocken geraten war.

Charaua befreite sich aus seiner vorübergehenden Starre. Beinahe abwehrend hob er die Hände, und die rötliche Aura, die ihn umfloß sowie die Veränderung des Emblems auf seiner Brust verstärkten den Eindruck einer Beschwörung. ›Ihr müßt euch irren! Es muß eine andere Erklärung für das geben, was ihr einen Satelliten nennt – vielleicht ist es ein natürlicher Trabant, der –‹

»Diese Möglichkeit ist auszuschließen«, bedauerte Bannard. »Kein natürliches Objekt könnte diesen Schwerkrafteinflüssen trotzen. Und es hat einen *fixen* Orbit – es ist also auf keinen Fall ein einfacher Gesteinbrocken, der angezogen wurde und dabei ist, in der Sonne zu verglühen... Das haben wir ausschließen können, bevor wir an den Commander – und er an dich getreten ist.‹

Charaua trat einen Schritt auf Bannard zu. »Kann ich diesen Satelliten sehe? Kannst du mir Bilder und Meßwerte zeigen?« drang die Vokoderstimme aus dem Transformer.

»Natürlich...«

Bannard begab sich mit Prewitt zur Kommandokonsole und blendete die von der FO-Sonde erhaltene Aufzeichnung in den großen Panoramaschirm ein.

Charaua zuckte spürbar zusammen, als er die sinnverwirrende, nicht nur unterschwellig Bedrohung ausstrahlende Konstruktion sah, die nah der Sonnenoberfläche dahintrieb. Offenbar benötigte das Gebilde alle verfügbare Energie, um seinen Standort stabil zu halten und darüber hinaus...

... ja, darüber hinaus *was* zu tun?

Obwohl es keinen Tarnschild besaß, war es purer, glücklicher Zufall, daß das Objekt inmitten der Sonnenwinde, Protuberanzen und Strahlenhagel erkannt worden war!

Seine Länge betrug nicht mehr als einen Kilometer – bei einem millionenfach größeren Durchmesser Tantals.

›Ich werde sofort die Bergung veranlassen‹, teilte Charaua mit. ›Wenn dies scheitert, muß es zerstört werden!‹

Huxley legte seine Hand an den Arm des Nogk und versuchte, ihm das Gefühl zu vermitteln, daß auch er alles in seiner Macht Stehende tun würde, um das Geheimnis des Satelliten zu entschlüsseln.

›Es könnte auch harmlose Erklärungen geben‹, tröstete er den Nogk. ›Der Satellit könnte das Überbleibsel einer Zivilisation sein, die vor langer Zeit im Tantal-System heimisch war...‹

›Dann wäre es nicht das *einzige* Relikt, auf das wir seit unserem Hiersein gestoßen sind‹, widersprach Charaua.

Er setzte sich mit dem Rat in Verbindung.

Bereits Stunden später brach ein Verband von Werftschiffen zur Sonne auf. Die Stärke dieser kleinen Flotte lag normalerweise in der Bergung havarierter Raumer. Mit ihren superstarken Traktorstrahlen sollten sie versuchen, den fremden Satelliten aus seiner Fixposition zu entfernen und nach Nogk I zu transportieren, wo genauere Analysen an ihm durchgeführt werden konnten...

Doch soweit kam es nicht.

Der Satellit zerstörte sich beim ersten Versuch, ihn einzufangen, selbst.

Zwei Schiffe der Flotte vergingen im Sog der Vernichtung. Ihre Trümmer verglühten in der Sonne.

Allmächtiger, dachte Huxley, der das Manöver von der FO-1 aus beobachtet hatte. Nicht nur für ihn stand nunmehr außer Zweifel, daß er noch existierte und den Nogk nach dem Leben trachtete.

Der Feind von damals. Der uralte Feind ohne Gesicht.

Er war *da*.

Er beobachtete jeden Schritt der Nogk – immer noch. Seit Jahrtausenden. Und die Vernichtung dieses Höllensatelliten konnte der Auslöser sein, daß er nicht länger im Verborgenen agierte.

Vielleicht würden morgen schon seine Schiffe über den Welten Tantals auftauchen. Eine Flotte von unvorstellbarer Vernichtungskraft.

Schatten, die Schatten woben, um den uralten Krieg, dessen Grund kein lebender Nogk mehr zu kennen schien, neu und offen zu entfachen.

Falls es soweit kommt, dachte Huxley düster, *wird es keine Gewinner geben – nur Verlierer.*

Und wahrscheinlich würde sich auch Terra nicht aus diesem Wahnsinn heraushalten können.

Sicher nicht.

Wer die Nogk bedrohte, bedrohte auch deren Verbündete, die Menschen.

Schwere Zeiten standen bevor.

Das Schlachtfeld im Tuumus-System ließ vage ahnen, *was* an Schrecken auf Nogk und Terraner zukommen würde.

Und es gab keine Chance zu entfliehen.

Das Auge des Gegners war überall...

E N D E

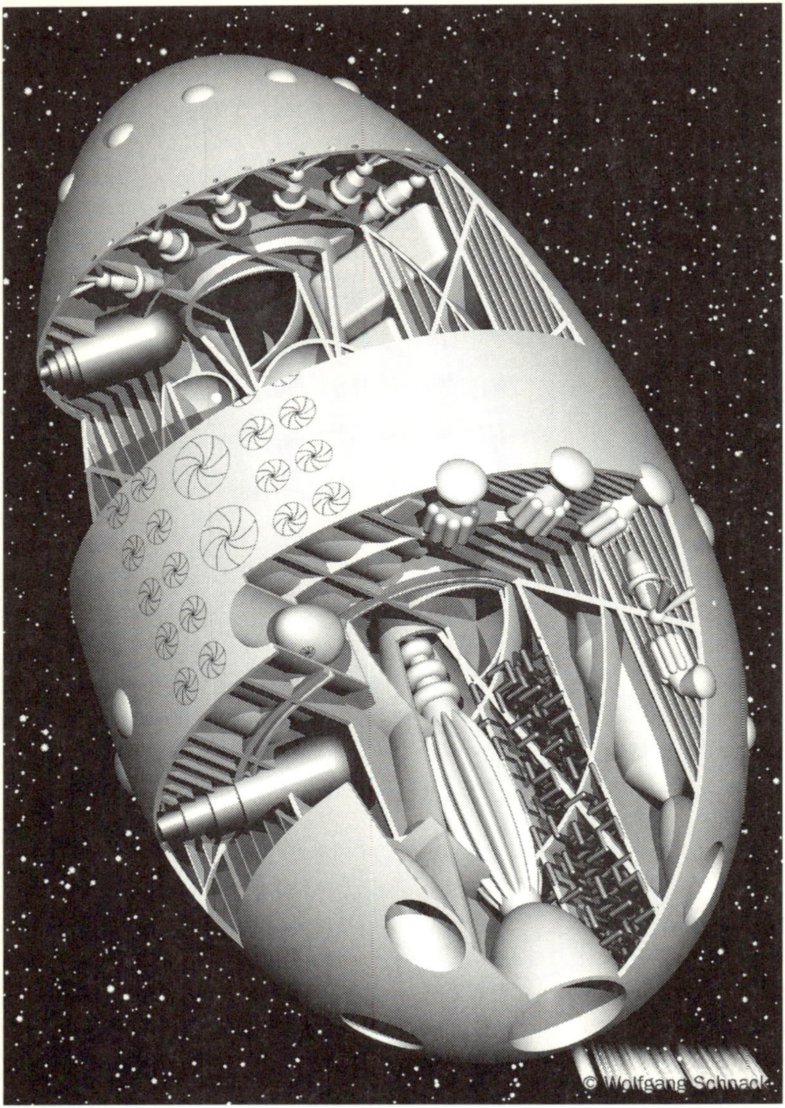
© Wolfgang Schnack

CHECKMASTER

Autorenportrait

Manfred Weinland

Als im August 1966 der erste Band der REN DHARK-Serie auf den Markt kam, konnte noch niemand ahnen, daß rund 28 Jahre später ein gewisser Manfred Weinland sich der Aufgabe stellen sollte, aus den von den unterschiedlichsten Autoren verfaßten Einzelheften der Serie im Rahmen einer Buchausgabe ein rundes, stimmiges Ganzes zu machen. Am allerwenigsten wohl er selbst, schließlich war Manfred Weinland damals gerade einmal sechs Jahre alt.

Elf Jahre später, im November 1977, machte sich REN DHARK an den Kiosken erneut auf den Weg ins Weltall, um dem »Erben des Universums«, PERRY RHODAN, wenn schon nicht dasselbe, dann zumindest einen guten Teil der Milchstraße streitig zu machen. Zum gleichen Zeitpunkt verkaufte ein junges Bürschchen von eben 17 Jahren seinen ersten Roman an einen Verlag. Der naßforsche Jungautor hieß Manfred Weinland, und sein hoffnungsvolles Erstlingswerk (über das er heute nicht mehr gerne spricht) erschien in der Heftreihe SILBER-GRUSEL-KRIMI des Zauberkreis Verlags in Rastatt. Nochmals zehn Jahre später schickte der Kelter Verlag REN DHARK ein drittes Mal ins Rennen um die Vorherrschaft in der Galaxis und an den bundesdeutschen Kiosken.

Manfred Weinland hatte sich mittlerweile bereits ein bißchen um DAMONA KING und PROFESSOR ZAMORRA gekümmert und auch mit dem G-Man JERRY COTTON und dem TRUCKER-KING erste Erfahrungen gesammelt.

Irgendwann zwischen 1990 (Einstellung der dritten Auflage) und 1994 müssen sie sich dann begegnet sein, der Autor, dessen Produktivitäts- und Qualitätskurve eindeutig nach oben zeigte, und der Romanheld, der nach drei vergeblichen Anläufen doch schon ein bißchen geknickt war. Sie müssen sich begegnet sein und sich sympathisch gefunden haben, denn als im August 1994 der erste Band der Buchausgabe von REN DHARK auf den Markt kam, da hieß der Bearbeiter... Manfred Weinland.

Am 23.04.60 in Zweibrücken in der Pfalz geboren, lebt Manfred Weinland auch heute noch dort. Er ist verheiratet und im März 1997 zum zweiten Mal Vater geworden. Ein ganz normaler Mensch, könnte man eigentlich sagen – wenn man es denn für normal hält, den einmal eingeschlagenen Berufsweg (Ausbildung zum Industriekaufmann, danach zunächst Sachbearbeiter, dann Leiter der Werbeabteilung in einem mittelständischen Unternehmen) nicht weiterzuverfolgen, sondern sich statt dessen der hemmungslosen Umarmung der Muse zu ergeben! 1992 machte Weinland nämlich das, was er bisher nebenberuflich betrieben hatte, zu seinem Hauptberuf: Er wurde freiberuflicher Schriftsteller und wühlt nun dem Vernehmen nach bevorzugt frühmorgens in den Abgründen der menschlichen Seele.

Natürlich hätte man es ahnen können. Wer mit 17 (!) seinen ersten Roman verkauft – noch dazu einen Gruselroman – und auch in den folgenden Jahren immer wieder den Verlockungen des Schreibens erliegt, den kann ein normaler Schreibtischjob auf die Dauer nur langweilen. Denn was könnte mehr Spaß machen, als die Gefilde der eigenen Phantasie zu erforschen und die Entdeckungen zu Papier zu bringen – oder besser: zu Diskette, denn schließlich leben wir im Zeitalter des Computers. Also ist Manfred Weinland mittlerweile seit etwas mehr als fünf Jahren freiberuflicher Autor und hat bereits eine beeindruckende Liste von Veröffentlichungen vorzuweisen, auch wenn sein Name erst in den letzten Jahren etwas bekannter geworden ist.

Denn zu Beginn und über den weitaus größten Zeitraum seiner Karriere schrieb er unter Pseudonymen – oder gänzlich ohne Namensnennung, wie in Sachen JERRY COTTON. Neben 23 Krimis mit den Abenteuern des bekannten New Yorker FBI-Agenten ließ er in 27 Heften auch noch den TRUCKER-KING über die Highways brettern. Doch vor allem war er im Horror- oder Grusel-Genre aktiv, das er ebenso liebt wie die SF, wo aber die Chancen einer Veröffentlichung zumeist ungleich größer waren.

Nach verhaltenem Beginn im SILBER-GRUSEL-KRIMI tobte er sich hier gleich in mehreren Reihen und Serien aus. In Zusammenarbeit mit Werner K. Giesa entstanden unter dem Pseudonym *Mike Shadow* sieben Romane für Basteis GESPENSTER-KRIMI, und als *Mike Shadow* war er auch bei DAMONA KING dabei. Für PROFESSOR ZAMORRA mußte er sich den *Robert Lamont*-Mantel anziehen – wie alle Autoren und Autorinnen, die die Abenteuer des Prof. in der Vergangenheit erzählen durften –, und bei Zamorra borgte er sich auch gleich noch das Pseudonym, das er in Sachen ›Frauengrusel‹ verwendet: *Sarah Moon*.

Aber eigentlich waren das alles nur Fingerübungen, genau wie seine erste Annäherung an die SF: eine Story (»Gestörte Ordnung«) in einer von *William Voltz* herausgegebenen Anthologie innerhalb von TERRA ASTRA und ein PR-Taschenbuch in Zusammenarbeit mit – na, wem wohl? – *W.K. Giesa* (»Krisensektor Dreigestirn«).

Wie gesagt, alles noch Fingerübungen... Den ersten nachhaltigen Eindruck hinterließ Manfred Weinland, als er für den überlasteten *Wolfgang Hohlbein* einspringen durfte und zwei Trilogien zur Serie DINOLAND beisteuerte (eine davon wurde anläßlich des »The Lost World«-Sequels von Steven Spielbergs »Jurassic Park« vom Bastei-Verlag noch einmal als Bestandteil eines Jumbo-Taschenbuchs neu aufgelegt).

Kurz nach DINOLAND folgte Weinlands erstes Perry Rhodan-Taschenbuch im Alleingang (Heyne-Verlag, »Der Moloch«).

Darüber hinaus tritt er als Übersetzer von SF-Romanen und -Kurzgeschichten in Erscheinung. Aktuell sind hier zu nennen die bei vgs erscheinende Hardcover-Serie YOUNG JEDI KNIGHTS, von der er bislang die Bände 1, 5 und 9 ins Deutsche übertrug, sowie einige Short Stories innerhalb des im Heyne-SF-Programms längst zur festen Institution gewordenen »Magazine of Fantasy and Science Fiction«.

Richtig geknallt hat es aber, als unser Autor seine eigene Serie bekam – das heißt, eigentlich waren's gleich zwei. Denn als *Adrian Doyle* durfte er 14-täglich die von Bastei publizierten Abenteuer von VAMPIRA, der sexy Vampirin Lilith Eden, entwerfen – und unter seinem richtigen Namen dafür sorgen, daß sich unser tapferer, unerschrockener ›Commander der Planeten‹ REN DHARK noch einmal auf den Weg ins Weltall macht.

Und diesmal wird ihn nichts und niemand aufhalten!

Gerd Rottenecker

Ren Dhark - Programm

Kurt Brand schuf von 1966 bis 1969 die Heftserie **Ren Dhark.** Für die Buchausgabe des Bernt Verlages wird der SF-Klassiker neu bearbeitet, ergänzt und fortgeschrieben, denn in den Tiefen des Alls ist das große Rätsel der Mysterious noch immer zu lösen...

Bereits erschienen und lieferbar:

Buchausgabe (jeweils ca. 352 Seiten)
Ren Dhark Band 1 "Sternendschungel Galaxis"
Ren Dhark Band 2 "Das Rätsel des Ringraumers"
Ren Dhark Band 3 "Zielpunkt Terra"
Ren Dhark Band 4 "Todeszone T-XXX"
Ren Dhark Band 5 "Die Hüter des Alls"
Ren Dhark Band 6 "Botschaft aus dem Gestern" (G'Loorn-Zyklus)
Ren Dhark Band 7 "Im Zentrum der Galaxis" (G'Loorn-Zyklus)
Ren Dhark Band 8 "Die Meister des Chaos" (G'Loorn-Zyklus)

Buchausgabe (ca. 192 Seiten)
Sonderband "Die Legende der Nogk"

In Vorbereitung:

Ren Dhark Band 9 (erscheint ca. Dezember 1997)
Ren Dhark Band 10 (erscheint ca. April 1998)
Ren Dhark Band 11 (erscheint ca. August 1998)
Ren Dhark Band 12 (erscheint ca. Dezember 1998)
Ren Dhark Band 13 (erscheint ca. März 1999)
Ren Dhark Band 14 (erscheint ca. Juni 1999)
Weitere Bände erscheinen im Abstand von drei bis vier Monaten.
